1911 (Mars 17-18)

CATALOGUE

DES LIVRES DE LA

BIBLIOTHÈQUE

DE

M. L. DE MONTGERMONT

BEAUX LIVRES ILLUSTRÉS CONTEMPORAINS

Albums d'illustrations

LIVRES SUR LA BIBLIOGRAPHIE ET LA RELIURE

PARIS

LIBRAIRIE DAMASCÈNE MORGAND

ÉDOUARD RAHIR SUCCESSEUR

LIBRAIRE DE LA SOCIÉTÉ DES BIBLIOPHILES FRANÇOIS

55, Passage des Panoramas, 55.

1911.

LILLE
IMPRIMERIE L. DANEL

CATALOGUE

DES LIVRES

DE LA BIBLIOTHÈQUE

DE M. L. DE MONTGERMONT

LA VENTE AURA LIEU

Les Vendredi 17 et Samedi 18 Mars 1911

A DEUX HEURES PRÉCISES

HOTEL DES COMMISSAIRES-PRISEURS

RUE DROUOT, 9

SALLE N° 7 AU PREMIER

Par le ministère de Me ANDRÉ DESVOUGES, commissaire-priseur, successeur de Me MAURICE DELESTRE

RUE DE LA GRANGE-BATELIÈRE, 26

Assisté de M. Ed. RAHIR, libraire,

PASSAGE DES PANORAMAS, 55

CONDITIONS DE LA VENTE

La vente se fera au comptant.

Les acquéreurs paieront 10 p. 100 en sus du prix d'adjudication.

Les livres devront être collationnés dans les vingt-quatre heures de l'adjudication. Passé ce délai, ils ne seront repris pour aucune cause.

M. RAHIR remplira les commissions des personnes qui ne pourraient assister à la vente.

Voir l'Ordre des vacations à la fin du Catalogue.

CATALOGUE

DES LIVRES DE LA

BIBLIOTHÈQUE

DE

M. L. DE MONTGERMONT

BEAUX LIVRES ILLUSTRÉS CONTEMPORAINS

Albums d'illustrations

LIVRES SUR LA BIBLIOGRAPHIE ET LA RELIURE

PARIS

LIBRAIRIE DAMASCÈNE MORGAND

ÉDOUARD RAHIR SUCCESSEUR

LIBRAIRE DE LA SOCIÉTÉ DES BIBLIOPHILES FRANÇOIS

55, Passage des Panoramas, 55.

1911.

CATALOGUE

DES LIVRES

DE LA BIBLIOTHÈQUE

DE M. L. DE MONTGERMONT

LIVRES MODERNES ILLUSTRÉS

236. ABOUT (Edmond). Trente et Quarante. Par Edmond About. Avec les illustrations de H. Vogel et les ornements de A. Giraldon, gravés à l'eau-forte typographique et au burin par Verdoux, Ducourtioux et Huillard. *Paris, Hachette et Cie*, 1891, gr. in-8, fig., demi-rel. dos et coins de veau fauve, dos orné, tête dor., *non rogné*, couv. (*Champs.*)

   Un des 16 premiers exemplaires de choix numérotés, imprimés sur PAPIER DU CHINE, avec 5 états des grandes planches hors texte sur CHINE ou sur JAPON.

   On a ajouté trois DESSINS ORIGINAUX à la plume par *Vogel* et *Giraldon.*

237. ADELINE (Jules). La Légende du Violon de Faïence. Huit compositions gravées à l'eau-forte par l'auteur. *Paris, L. Conquet,* 1895, pet. in-8, portr. et vign., demi-rel. dos et coins de mar. bleu, dos orné, tête dor., *non rogné,* couv. (*Champs.*)

   Exemplaire numéroté imprimé sur PAPIER DU JAPON, avec trois états des illustrations dont l'EAU-FORTE PURE.

238. AICARD (Jean). Roi de Camargue. Illustrations de George Roux. *Paris, Em. Testard,* 1890, in-8 carré,

fig. et vign., demi-rel. dos et coins de mar. vert olive, *non rogné*, couv.

Un des 40 exemplaires numérotés sur Papier de Chine avec trois états des eaux-fortes, dont l'eau-forte pure.

239. ALLAIS (Alph.). Le Pauvre Bougre et le Bon Génie. Navrant récit sanglot é par Coquelin cadet. Illustrations de Henry Somm. *Paris, P. Ollendorff,* 1891, in-18, fig., demi-rel. dos et coins de mar. rouge, *non rogné,* couv.

Un des 6 exemplaires numérotés imprimés sur Papier du Japon, orné de 4 aquarelles originales de *H. Somm.*

240. ANACRÉON. Poésies de Anacréon. Nouvellement traduites et accompagnées d'une préface par Maurice Albert. Compositions d'Emile Lévy gravées à l'eau-forte par Champollion. Dessins de Giacomelli gravés sur bois par Rouget. *Paris, Librairie des Bibliophiles* (*Jouaust*), 1885, in-12, vign., demi-rel. dos et coins de mar. vert, dos orné, tête dor., *non rogné*, couv. (*Champs.*)

Un des 50 exemplaires numérotés imprimés sur Papier de Chine.

241. APULÉE. L'Ane d'Or ou la Métamorphose. Traduction de Savalète, préface de J. Andrieux. Avec nombreuses gravures dessinées par A. Racinet et P. Bénard. *Paris, Firmin Didot,* 1872, in-8, fig., demi-rel. dos et coins de mar. citron, dos orné en mosaïque, tête dor., *non rogné*, couv. (*Champs.*)

Papier vélin. Exemplaire avec les feuillets doubles, avec et sans retranchements.

242. ARIOSTE. Roland furieux, poème héroïque traduit par A.-J. Du Pays, et illustré par Gustave Doré. *Paris, Hachette et Cie*, 1879, in-fol., demi-rel. dos et coins de mar. tête de nègre, dos orné, tête dor., *non rogné.* (*Champs.*)

Premier tirage. Un des 15 exemplaires sur Papier du Japon.

243. BAPST (Germain). Souvenirs d'un Canonnier de l'Armée d'Espagne 1808-1814. Lithographies de Lunois.

Paris, J. Rouam et Cie, 1892, in-4, fig., demi-rel. dos et coins de mar. rouge, *non rogné*, couv. (*Carayon.*)

PAPIER DE HOLLANDE. Lithographies sur PAPIER DE CHINE avec signature autographe de l'artiste.

L'exemplaire est orné de 2 AQUARELLES ORIGINALES de *Lunois* dont l'une sert de frontispice et l'on a ajouté 7 croquis originaux et 2 lithographies avec remarques, du même artiste.

244. BARBET DE JOUY (Henry). Les Gemmes et Joyaux de la Couronne, publiés et expliqués par Henry Barbet de Jouy, dessinés et gravés à l'eau-forte d'après les originaux par Jules Jacquemart. *Paris,* 1865, 2 part. en un vol. in-fol., pl., demi-rel. dos et coins de mar. grenat, tête dor., *ébarbé.*

PREMIER TIRAGE. PAPIER DE HOLLANDE. Figures AVANT LA LETTRE.

Orné de 60 planches à l'eau-forte, par *J. Jacquemart.*

245. BARBEY D'AUREVILLY (Jules). Un portrait et dix eaux-fortes de Félix Buhot pour Une Vieille Maîtresse de Barbey d'Aurevilly. *Paris, Lemerre,* 1874, in-4, demi-rel. dos et coins de mar. rouge foncé, *non rogné.* (*Canape.*)

Rares épreuves tirées sur JAPON, avec les marges ornées de croquis gravés à l'eau-forte (*marges symphoniques*).

Le même volume contient :

1° 6 eaux-fortes de *Buhot* pour l'*Ensorcelée,* de Barbey d'Aurevilly. Épreuves sur papier vergé, avec le timbre monogramme de *Buhot.*

2° 5 eaux-fortes pour le *Chevalier Destouches,* de Barbey d'Aurevilly. Épreuves sur papier vergé, avec le timbre monogramme de *Buhot.*

Ensemble 22 pièces.

246. BARRON (Louis). Les Environs de Paris par Louis Barron. Ouvrage illustré de cinq cents dessins d'après nature par G. Fraipont et accompagné d'une carte en couleur. *Paris, Quantin, s. d.* (1886), gr. in-8, fig., demi-rel. dos et coins de mar. vert, dos orné en mosaïque, tête dor., *non rogné*, couv. (*David.*)

AQUARELLE ORIGINALE de *G. Fraipont* sur le faux-titre, avec envoi autographe de l'artiste à Mr. G. Boudet.

247. BAZOUGE (F. Chevassu). Les Grands Enterrements. Illustrations hors texte de Forain, Guillaume, Heidbrinck,

Legrand, Steinlen et Willette. *Paris, H. Simonis Empis,* 1892, in-8 carré, fig., cart., *non rogné,* couv. (*Carayon.*)

248. BEAUMONT (Edouard de). Un Drame dans une Carafe, par E. de Beaumont. Dessins par Louis Leloir. *Paris, Librairie des Bibliophiles* (*Jouaust*), 1882, in-8 carré, front. et vign., demi-rel. dos et coins de mar. bleu, dos orné en mosaïque, fil., tête dor., *non rogné,* couv. (*Bretault.*)

Un des 15 exemplaires numérotés sur Papier du Japon. Frontispice en double état.

249. BEAUMONT (Ed. de). L'Épée et les Femmes par Ed. de Beaumont. Cinq dessins de Meissonier tirés hors texte. *Paris, Librairie des Bibliophiles* (*Jouaust*), 1881, gr. in-8, fig., demi-rel. dos et coins de mar. vert, *non rogné,* couv. (*Champs.*)

Un des 25 exemplaires numérotés imprimés sur Papier Whatman, avec trois états des planches dont un sur Papier du Japon.

250. BEAUVOIR (H. Roger de). Nos Généraux 1871-1884. Avec 136 dessins à la plume de MM. de Haenen et Émile Perboyre. *Paris, Berger-Levrault et Cie,* 1885, in-8, fig., demi-rel. dos et coins de mar. rouge, *non rogné,* couv. (*Carayon.*)

Un des 10 exemplaires numérotés imprimés sur Papier de Chine.

251. BERGERET (Gaston). Journal d'un Nègre à l'Exposition de 1900. Soixante-dix-neuf aquarelles originales de Henry Somm. *Paris, L. Carteret et Cie,* 1901, in-18, fig. coloriées, demi-rel. dos et coins de mar. brun, tête dor., *non rogné,* couv. (*Champs.*)

Exemplaire sur Papier du Japon non mis dans le commerce.

252. BERTHEROY (Jean). Femmes Antiques. La Légende, l'Histoire, la Bible. Illustrations de Bouguereau, E. Adan, Falguière, G. Rochegrosse, etc. gravées par E. Champollion. *Paris, L. Conquet,* 1892, in-8, fig., demi-rel. dos et

coins de mar. grenat, dos orné, tête dor., *non rogné*, couv. (*Champs.*)

Un des 50 exemplaires numérotés imprimés sur PAPIER DU JAPON. Illustrations en double état, avec et AVANT LA LETTRE.

253. BIBLIOTHÈQUE rose illustrée. *Paris, Hachette et Cie*, 1868-1886, 24 vol. in-18, fig., cart. toile, *non rognés*, couv.

JULIE GOURAUD. Le Petit Colporteur, Les Enfants de la Ferme, La Petite Maîtresse de Maison. — CSSE DE SÉGUR. Les Malheurs de Sophie, Diloy le Chemineau, Les Deux Nigauds, La Sœur de Gribouille, Jean-qui-grogne et Jean-qui-rit, Un bon petit Diable. — Mme DE WITT. Enfants et Parents, En quarantaine. — JEANNE MARCEL. Le Bon genre, Daniel. — Mlle Z. CARRAUD. Les Goûters de la Grand'Mère. — SWIFT. Voyages de Gulliver. — J. TAULIER. Les Deux petits Robinsons. — E. MÜLLER. Robinsonnette. — Mme DE STOLZ. Les Poches de Mon Oncle, Les Deux Reines. — Mlle Z. FLEURIOT. Un Enfant gâté. — VSSE DE PITRAY. Le Fils du Maquignon. — Mlle DE MARTIGNAT. L'Oncle Boni. — A. ASSOLLANT. Aventures du Capitaine Corcoran, 2 vol.

Exemplaires imprimés sur PAPIER DE CHINE.

Tous ces ouvrages sont ornés de nombreuses vignettes sur bois.

Quatre volumes sont en demi-reliure chagrin.

254. BIGOT (Charles). Gloires et Souvenirs Militaires d'après les Mémoires du Canonnier Bricard, du Maréchal Bugeaud, du Capitaine Coignet, etc., etc. *Paris, Hachette et Cie*, 1894, in-4, fig. en couleurs d'après A. Paris, Le Blant, Giraldon, demi-rel. dos et coins de mar. rouge, dos orné, *non rogné*, couv. (*Carayon.*)

Exemplaire imprimé sur PAPIER DE CHINE.

255. BLAZE (Elzéar). La Vie militaire sous le premier Empire ou Mœurs de garnison, du bivouac et de la caserne, par E. Blaze. (Illustrations par Job). *Paris, Librairie illustrée, s. d.* (1888), in-18, fig., demi-rel. dos et coins de chagrin bleu, *non rogné*, couv.

Un des 30 exemplaires numérotés imprimés sur PAPIER DE CHINE.

256. BOILEAU-DESPREAUX. Œuvres poétiques de Boileau avec des notices par M. Poujoulat. Eaux-fortes

par V. Foulquier. *Tours, A. Mame et fils*, 1870, gr. in-8, portr. et vign., demi-rel. dos et coins de mar. grenat, dos orné, tête dor., *non rogné*, couv. (*Champs.*)

PREMIER TIRAGE.
Exemplaire numéroté sur PAPIER VERGÉ de Hollande.

257. BOILEAU-DESPRÉAUX. Œuvres poétiques de Boileau-Despréaux, avec une introduction et des notes par F. Brunetière. *Paris, Hachette et Cie*, 1889, in-4, *en feuilles.*

Un des 25 exemplaires numérotés imprimés sur PAPIER DU JAPON avec deux états des planches hors texte d'après *Bida, Delort, Bonnat, Flameng, Gérôme, Hédouin*, etc.

Le texte est *broché*. La suite des planches est reliée en un volume demi-rel. dos et coins de mar. bleu, *non rogné*, par *Carayon*.

258. BOUKAY (Maurice). Chansons d'Amour. — Nouvelles Chansons. (Rêves, Joies, Regrets). Préfaces de P. Verlaine et de Sully-Prudhomme. Dessins de Steinlen, H. Colas, Ibels, Willette, etc. *Paris, Dentu* et *E. Flammarion*, 1893 et *s. d.*, 2 vol. in-18, demi-rel. dos et coins de mar. bleu, dos orné, tête dor., *non rognés*, couv. (*Champs.*)

Exemplaires numérotés imprimés sur PAPIER DU JAPON.

259. BOULANGER (Mme P.). Alphabet des bons exemples. Texte de Mme P. Boulanger. Dessins de H. Gray. (*Paris*), *J. Lévy, s. d.*, in-8 carré, fig., cart. de l'éditeur.

Un des 32 exemplaires numérotés sur PAPIER DU JAPON, avec les figures en double état, en noir et en couleur.

260. BOURGET (Paul). Illustrations de Robaudi et de Giraldon du volume de Pastels de Bourget. *Paris, L. Conquet*, 1895, in-8, demi-rel. dos et coins de mar. rouge, non rogné, couv. (*Carayon.*)

Album formé par l'éditeur contenant les tirages à part des portraits de *Robaudi*, en différents états, dont celui colorié, les portraits refusés et les vignettes de Giraldon en tirages à part, avec les états successifs d'une planche. Ensemble 240 pièces.

261. BOUTET (Henri). Almanachs 1894 et 1895. *Paris, A. Ferroud,* 2 vol. in-24 carré, fig., demi-rel. dos et coins de mar. bleu, *non rognés,* couv. (*Carayon.*)

Exemplaires numérotés tirés sur PAPIER DU JAPON avec 2 planches qui ne figurent pas dans les exemplaires sur papier ordinaire.

On y joint : Calendrier Parisien, 1886. Douze sonnets d'Ern. d'Hervilly et treize pointes-sèches, de H. Boutet. *Paris, L. Conquet,* in-24, fig., cart. en soie.

262. BRUANT (Aristide). Dans la Rue, chansons et monologues. Dessins de Steinlen. *Paris, A. Bruant* (1889) et *s. d.*, 2 vol. in-18, fig., demi-rel. dos et coins de mar. La Vallière, *non rognés,* couv. (*Bretault* et *Champs.*)

ÉDITIONS ORIGINALES.

Exemplaires numérotés tirés sur PAPIER DU JAPON.

On y joint : Aristide Bruant. Sur la Route. Chansons et monologues. Dessins de Borgex. *Aristide Bruant auteur éditeur, s. d.*, in-18, fig., demi-rel. dos et coins de mar. La Vallière, *non rogné,* couv. (*Champs.*)

ÉDITION ORIGINALE. Exemplaire numéroté sur PAPIER DU JAPON.

263. CAIN (Georges). Croquis du Vieux Paris. Illustrations et gravure sur bois de Tony Beltrand. Préface de Victorien Sardou. *Paris, L. Conard,* 1905, in-8, fig., demi-rel. dos et coins de mar. La Vallière, dos orné, fil., tête dor., *non rogné,* couv. (*Pierson.*)

Illustrations documentaires sur le vieux Paris, tirées en camaïeu.

Un des 25 exemplaires numérotés sur PAPIER VÉLIN d'Arches, avec une suite des bois sur JAPON ancien.

264. CANDÈZE (Dr Ernest). La Gileppe. Les Infortunes d'une population d'insectes. Dessins par C. Renard. *Paris, Hetzel et Cie, s. d.*, in-8, front. et fig., demi-rel. dos et coins de mar. vert, dos orné en mosaïque, tête dor., *non rogné,* couv. (*Champs.*)

Exemplaire imprimé sur PAPIER DE CHINE.

265. CAPITALES (les) du Monde (par Fr. Coppée, Melchior de Vogué, P. Loti, M. Barrès, Ch. Dilke, etc., avec des illustrations d'après G. Becker, Bonnat, Chéret, B. Constant, Detaille, Forain, etc., etc.). *Paris, Hachette et Cie,*

1892, in-4, fig., demi-rel. dos et coins de mar. grenat, *non rogné*, couv. (*Carayon.*)

Un des 25 exemplaires numérotés imprimés sur Papier de Chine. Prospectus et affiche de publication ajoutés.

266. CARAN D'ACHE (Emm. Poiré dit). Albums. *Paris, Vanier, Baschet et Plon, s. d.*, 5 vol. in-4 et in-4 obl., fig. en noir et en couleur, cart.

Album. — Album deuxième. — Les Courses dans l'Antiquité. — Peintres et Chevalets. — Fantaisies.

267. CÉLIÈRES (Paul). Entre deux paravents. Scènes et Comédies en vers. Eaux-fortes de E. Boilvin. *Paris*, 1879, in-8, fig., demi-rel. dos et coins de mar. bleu, *non rogné*, couv. (*Carayon.*)

Un des 25 exemplaires numérotés (n° 1) sur Grand Papier de Chine, avec les figures en double épreuve, sur Chine avec signature à la pointe et sur Hollande avec les noms gravés.

268. CENT (les) NOUVELLES NOUVELLES. Édition revue sur les textes originaux et illustrée de plus de 300 dessins par A. Robida. *Paris, Librairie illustrée, s. d.* (1888), 2 vol. in-8, fig., demi-rel. dos et coins de mar. citron, dos orné à froid, tête dor., *non rognés*, couv. (*Cuzin.*)

Importantes aquarelles originales de *A. Robida* sur chacun des faux-titres.

269. CENT (les) NOUVELLES NOUVELLES. Dix figures dessinées par J. Garnier et gravées à l'eau-forte par A. Lalauze, pour les Cent Nouvelles Nouvelles. *Paris, Jouaust*, 1874, in-8 tiré in-4, demi-rel. dos et coins de mar. citron, *non rogné*. (*Carayon.*)

Épreuves d'états et d'artiste, tirées sur divers papiers. Ensemble 41 pièces ; la plupart signées par l'artiste.

270. CHAMBRUN (Cte de) et Stan. LEGIS. Wagner. Traduction avec une introduction et des notes. Illustrations par Jacques Wagrez. *Paris, Calmann Lévy*, 1895, 2 vol. in-8, fig., cart., *non rognés*, couv. (*Carayon.*)

271. CHAMPFLEURY (J. Fleury dit). Les Chats par Champfleury. Cinquième édition augmentée de planches en couleur et d'eaux-fortes. *Paris, J. Rothschild,* 1870, in-8 carré, fig., demi-rel. dos et coins de mar. vert, dos orné, tête dor., *non rogné,* couv. (*Champs.*)

Nombreuses illustrations de *E. Manet, E. Lambert, Champfleury,* etc.

272. CHAMPFLEURY. Contes choisis. Les Trouvailles de Monsieur Bretoncel. La Sonnette de Monsieur Berloquin. Monsieur Tringle. Nombreuses illustrations dans le texte à l'eau-forte et en typographie par Evert Van Muyden. *Paris, Quantin,* 1889, in-8 carré, fig., demi-rel. dos et coins de mar. bleu, dos orné en mosaïque, tête dor., *non rogné,* couv. (*Champs.*)

Un des 50 exemplaires numérotés imprimés sur PAPIER DU JAPON avec trois états des eaux-fortes dont l'EAU-FORTE PURE.

Quatre AQUARELLES ORIGINALES de *Van Muyden* dont une assez importante orne le faux-titre.

Le portrait de Champfleury par *H. Manesse* d'après *Paillet* est en deux états, avec la lettre sur HOLLANDE et AVANT LA LETTRE sur JAPON.

273. CHAMPFLEURY. Les Souffrances du Professeur Delteil par Champfleury. Vignettes par Crafty. *Paris, J. Rothschild,* 1870, in-8 carré, fig., demi-rel. dos et coins de mar. La Vallière, dos orné en mosaïque, tête dor., *non rogné,* couv. (*Champs.*)

Exemplaire imprimé sur PAPIER DE CHINE.

274. CHAMPFLEURY. Le Violon de Faïence. Dessins en couleur par M. Emile Renard, eaux-fortes par M. J. Adeline. *Paris, E. Dentu,* 1877, in-8, fig., demi-rel. dos et coins de mar. bleu, dos orné en mosaïque, tête dor., *non rogné,* couv. (*Champs.*)

On a ajouté à la fin, le tirage en noir des illustrations en couleur de *E. Renard.*

275. CHAMPFLEURY. Illustrations de Jules Adeline pour le Violon de faïence de Champfleury. *Paris, L. Conquet,*

1885, in-4, demi-rel. dos et coins de toile bleue, *non rogné.* (*Carayon.*)

84 eaux-fortes de *Adeline* en divers états, épreuves de graveur tirées sur HOLLANDE.

Ensemble 89 pièces.

276. CHAMPSAUR (Félicien). La Divine Aventure. *Paris, A. Savigne, s. d.* (1889), in-18, cart., *non rogné.* (*Carayon.*)

Un des 100 exemplaires imprimés sur PAPIER DE HOLLANDE, de ce tirage à part de la Revue Indépendante, orné de 2 fig. de *Legrand* et *Gerbault* tirées en sanguine sur PAPIER DU JAPON.

277. CHAMPSAUR (F.). Entrée de Clowns. Dessins de Bac, Chéret, Detaille, J. Garnier, Grévin, L. Morin, Pille, Robida, Somm, Willette, etc. *Paris, J. Lévy,* 1886, in-18, portr. et fig., demi-rel. dos et coins de mar. vert, *non rogné*, couv. (*Carayon.*)

Un des 30 exemplaires numérotés imprimés sur PAPIER DU JAPON.

278. CHAMPSAUR (F.). Les Ereintés de la Vie. Pantomime en un acte illustrée par Henry Gerbault. *Paris, E. Dentu,* 1888, pet. in-8 carré, fig., demi-rel. dos et coins de mar. rouge, *non rogné*, couv. (*Carayon.*)

Un des 30 exemplaires numérotés imprimés sur PAPIER DU JAPON.

279. CHAMPSAUR (F.). Les Etoiles. Ballet en 4 actes. (*Paris*), *E. Dentu, s. d.* (1888), in-18, fig., demi-rel. dos et coins de mar. bleu, *non rogné*, couv. (*Carayon.*)

Exemplaire imprimé sur PAPIER DU JAPON. Illustrations de *H. Gerbault.*

280. CHAMPSAUR (F.). La Gomme. (Illustrations de Caran d'Ache, J. Chéret, H. Gerbault, etc. Musique de Massenet et Serpette). (*Paris*), *Dentu, s. d.* (1889), in-8 carré, fig., cart., *non rogné,* couv.

Exemplaire imprimé sur PAPIER DU JAPON.

281. CHAMPSAUR (F.). Masques Modernes. Frontispice par Félicien Rops. *Paris, E. Dentu,* 1889, in-18, front.,

demi-rel. dos et coins de mar. bleu, *non rogne,* couv. (*Champs.*)

Un des 30 exemplaires numérotés sur Papier du Japon. Frontispice de *F. Rops* en trois états dont un en couleur.

282. CHANSONS (Vieilles) pour les Petits Enfants, avec accompagnements de Ch. M. Widor. Illustrations par M. B. de Monvel. *Paris, E. Plon-Nourrit et C , s. d.,* in-4 obl., fig. coloriées, cart. toile, *non rogné.*

Exemplaire imprimé sur Papier du Japon.

On y joint : 1° Chansons de France pour les Petits Français, avec accompagnements de J. B. Weckerlin. Illustrations par M. B. de Monvel. *Paris,* in-4 obl., cart. toile.

2° La Fontaine. Fables choisies pour les Enfants et illustrées par M. B. de Monvel. *Paris,* in-4 obl., cart. toile.

283. CHANTS et Chansons Militaires de la France. Réunies par le Major H. de Sarrepont et illustrées par Louis Morin. *Paris, Librairie illustrée, s. d.,* in-18, fig., demi-rel. dos et coins de mar. rouge, *non rogné,* couv. (*Carayon.*)

284. CHATEAUBRIAND (Fr. Aug. de). Atala ou les Amours de deux sauvages suivi de René. Compositions d'Émile Lévy gravées à l'eau-forte par Boutelié. Dessins de Giacomelli gravés sur bois par Rouget et Sargent. *Paris, Librairie des Bibliophiles (Jouaust),* 1877, in-12, fig., demi-rel. dos et coins de mar. rouge, dos orné, tête dor., *non rogné.* (*Champs.*)

Exemplaire imprimé sur Papier de Chine.

285. CHAVETTE (Eugène) [Vachette]. Les Petites Comédies du Vice. Le Guillotiné par la persuasion, Deux Vers de Properce, Le Père d'Adolphe, Le Roi des Gendres, Le Pendu par conviction. *Paris, A Lacroix et Cie, s. d.* (1875), in-18, fig., demi-rel. dos et coins de mar. rouge, dos orné, tête dor., *non rogné,* couv. (*Champs.*)

Édition illustrée d'eaux-fortes par *E. Benassit,* et de vignettes sur bois dans le texte.

286. CHERVILLE (G. de). Les Chiens et les Chats d'Eugène Lambert. Avec une lettre-préface d'Alexandre Dumas, de l'Académie française et notes biographiques par Paul Leroi. Ouvrage illustré de 6 eaux-fortes et 145 dessins par Eugène Lambert. *Paris, Librairie de l'Art*, 1888, in-4, fig., demi-rel. dos et coins de mar. La Vallière, dos orné en mosaïque, tête dor., *non rogné*, couv. (*Champs.*)

Un des 100 exemplaires numérotés sur PAPIER DU JAPON. Figures hors texte en double état, avec la lettre sur HOLLANDE et AVANT LA LETTRE sur JAPON.

287. CLARETIE (Jules). Le Drapeau par Jules Claretie. Édition illustrée par A. de Neuville, Ed. Morin et du portrait de l'auteur gravé par A. Gilbert. *Paris, G. Decaux et M. Dreyfous*, 1879, gr. in-8, portr. et fig., demi-rel. dos et coins de mar. bleu, *non rogné*, couv. (*Carayon.*)

PREMIER TIRAGE. Un des 40 exemplaires imprimés sur PAPIER WHATMAN, auquel on a ajouté la suite des planches hors texte de *A. de Neuville*, sur PAPIER DE CHINE.

288. CLARETIE (J.). Explication (à A. Mariani) par Jules Claretie. Illustrée par A. Robida. *Paris, Librairie illustrée*, 1894, in-4, fig., cart., *non rogné*, couv. (*Carayon.*)

Un des 50 exemplaires numérotés imprimés sur PAPIER DU JAPON.

289. CLARETIE (J.). Un Livre unique. L'Affaire Clémenceau peinte et illustrée. *Paris, Gazette des Beaux-Arts*, 1880, gr. in-8, portr. et fig., demi-rel. dos et coins de mar. La Vallière, *non rogné*, couv. (*Carayon.*)

Un des 25 exemplaires numérotés imprimés sur PAPIER DE HOLLANDE.

290. COIGNET (Capitaine). Les Cahiers du Capitaine Coignet (1776-1850). Publiés d'après le manuscrit original par Lorédan Larchey. Illustrés par J. Le Blant. *Paris, Hachette et Cie*, 1888, in-4, fig., demi-rel. dos et coins de mar. rouge, *non rogné*, couv.

Un des 15 exemplaires numérotés imprimés sur PAPIER DE CHINE.

291. COLLECTION Guillaume. *Paris, Dentu*, 1894, 2 vol. in-16, fig., demi-rel. dos et coins de mar., *non rognés*, couv. (*Carayon.*)

Exemplaires numérotés imprimés sur PAPIER DE CHINE.

J. Claretie. La Frontière, illustrations de *G. Picard.* — P. Margueritte. L'Avril, illustrations de *Marold, Picard* et *Mittis.*

On y joint de la Petite Collection Guillaume : A. Daudet. Entre les Frises et la Rampe. Petites Études de la Vie théâtrale. Illustrations de Marold et Picard. *Paris, Dentu,* 1894, in-24, fig., demi-rel. PAPIER DU JAPON.

292. COLLECTION Lemerre illustrée. *Paris, A. Lemerre,* 1893-1896, 7 vol. in-16, fig., demi-rel. dos et coins de mar. de diverses couleurs, *non rognés,* couv. (*Champs* et *Carayon.*)

Exemplaires numérotés imprimés sur PAPIER DE CHINE. Tirage à 50 exemplaires.

P. Bourget. Un Scrupule, illustrations de *Myrbach,* — Fr. Coppée. Rivales, illustrations de *Moisand,* — A. Theuriet. L'Abbé Daniel, illustrations de *Jeanniot,* — P. Bourget. Un Saint, illustrations de *P. Chabas,* — M. Prévost. Le Moulin de Nazareth, illustrations de *Myrbach,* — J. M. de Heredia. La Nonne Alferez, illustrations de *D. Vierge,* — M. Prévost. Le Mariage de Juliette, illustrations de *P. Chabas.*

293. CONSTANT (Benjamin). Adolphe. Portrait gravé par Courboin d'après Desmarais. Préface par Paul Bourget. *Paris, L. Conquet,* 1889, in-16, portr., mar. rouge à grains longs, dos orné, fil. et bordure à froid, tr. dor., couv. (*Champs.*)

Un des 8 exemplaires tirés sur PAPIER VÉLIN BLANC. Portrait en trois états dont l'EAU-FORTE.

294. CONTES de Figaro par du Boisgobey, Claretie, Coppée, Étincelle, Mary, Monselet, Mortier, Richard, Villiers de l'Isle-Adam. Illustrations de Myrbach. *Paris, Ed. Monnier et Cie*, 1885, in-8, fig., demi-rel. dos et coins de mar. bleu, dos orné en mosaïque, tête dor., *non rogné,* couv. (*Champs.*)

Un des 30 exemplaires numérotés sur PAPIER DU JAPON.

295. COPPÉE (François). Dix estampes dessinées et gravées à l'eau-forte par Boilvin, pour les Poésies de Fr. Coppée. *Paris, Lemerre,* 1883, in-4, demi-rel. dos et coins de mar. bleu, *non rogné.* (*Carayon.*)

Épreuves en double état, sur PAPIER DU JAPON ; EAUX-FORTES PURES avec remarques et ÉPREUVES D'ARTISTE, avec signature autographe de *Boilvin.*

296. COPPÉE (Fr.). Un portrait et vingt figures dessinés par L. et Fr. Flameng et gravés par L. Flameng, Boisson, Dubouchet, Boutelié, Jacquet, etc., pour les Œuvres de Fr. Coppée. *Paris, Hébert,* 1885-1891, in-8 tiré in-fol., demi-rel. dos et coins de mar. bleu, *non rogné.* (*Carayon.*)

Épreuves en triple état sur CHINE appliqué : avec la lettre, AVANT LA LETTRE et EAU-FORTE PURE.

297. CORNEILLE (Pierre). Vingt-cinq vignettes et un portrait pour le Théâtre choisi de Corneille, dessinés par MM. Foulquier et Barrias et gravés à l'eau-forte par Valentin Foulquier pour l'édition publiée par MM. Alfred Mame et fils. *Paris, D. Morgand et Ch. Fatout,* 1879, gr. in-8, fig., demi-rel. dos et coins de mar. rouge, tête dor., *non rogné,* couv. (*Champs-Stroobants.*)

ÉPREUVES D'ARTISTE sur PAPIER DU JAPON, tirées hors texte à 100 exemplaires.

298. CRAFTY (Géruzez, dit). La Chasse à tir. — La Chasse à courre. — L'Equitation puérile et honnête. *Paris, Plon, Nourrit et Cie, s. d.,* 3 vol. in-4 obl., fig. coloriées, cart. toile de l'éditeur.

On y joint : 1° Albums Crafty. Les Chevaux. — Les Chiens. *Paris, Plon, Nourrit et Cie, s. d.,* 2 vol. in-4, cart., *non rognés,* couv. (*Carayon.*)
2° Snob à Paris, par Crafty. *Paris, L. Cremiere, s. d.,* pet. in-4 obl., cart., couv.
Ensemble 6 vol.

299. CRAFTY. Paris à Cheval. Avec une Préface par Gustave Droz. — La Province à Cheval. Texte et Dessins par Crafty. *Paris, Plon (Nourrit) et C^i^,* 1883-1886, 2 vol.

gr. in-8, fig., demi-rel. dos et coins de chagrin La Vallière, dos orné, tête dor., *non rognés*, couv. (*Champs.*)

Exemplaires de PREMIER TIRAGE.

On y joint : Paris au Bois. Texte et croquis par Crafty. *Paris, E. Plon, Nourrit et Cie*, 1890, gr. in-8, fig. en noir et en couleur, demi-rel. dos et coins de chagrin rouge, *non rogné*, couv. (*Champs.*) PREMIER TIRAGE.

300. DARZENS (Rodolphe). Nuits à Paris. Illustrées de cent croquis par A. Willette. *Paris, E. Dentu*, 1889, in-18, fig., demi-rel. dos et coins de mar. La Vallière, *non rogné*, couv. (*Champs.*)

ÉDITION ORIGINALE imprimée sur PAPIER DU JAPON.

On y joint : *La Critique des Nuits à Paris. Autographe de R. Darzens et trois dessins inédits par A. Willette.* Paris, 1890, in-18, demi-rel. dos et coins de mar. citron, *non rogné*, couv. Un des 12 exemplaires sur JAPON non mis dans le commerce.

301. DARZENS (R.). Poëmes d'amour. Paroles de Rodolphe Darzens. Musique de Auguste Chapuis. Avec dix lithographies par Adolphe Willette. (*Paris, Le Journal*), 1895, in-8, fig., cart., *non rogné*, couv. (*Carayon.*)

Exemplaire imprimé sur PAPIER DU JAPON.

302. DAUDET (Alphonse). Contes et Récits. Le Siège de Berlin. — L'Enfant Espion. — Les Mères. — Le Prussien de Bélisaire. — Les Paysans à Paris, etc. Illustrations de Gill, Sahib, Fleury, Crafty, etc. *Paris, E. Polo, s. d.* (1873), in-8, fig., demi-rel. dos et coins de mar. grenat, dos orné, tête dor., *non rogné*. (*Champs.*)

PREMIER TIRAGE. Avec le dessin interdit par la censure.

Couverture de livraison conservée.

303. DAUDET (Alph.). La Défense de Tarascon. Seize aquarelles d'après Draner. *Paris, L. Conquet*, 1886, in-12, fig., demi-rel. dos et coins de chagrin rouge, *non rogné*. (*Champs.*)

Édition non mise dans le commerce. PAPIER DU JAPON. Figures coloriées.

304. DAUDET (Alph.). L'Elixir du R. P. Gaucher. Texte de A. Daudet. Illustrations photographiques d'après nature.

Paris, Ch. Mendel, (1894), in-4, cart., dos et coins de toile, *non rogné.* (*Carayon.*)

Un des 75 exemplaires sur VÉLIN de cuve, avec un état sur CHINE.

305. DAUDET (Alph.). L'Obstacle. Pièce en 4 actes. Illustrations de Bieler, Gambard, Marold et Montégut. *Paris, E. Flammarion, s. d.* (1891), in-18, fig., demi-rel. dos et coins de chagrin bleu, *non rogné,* couv. (*Champs.*)

De la Collection Guillaume.
ÉDITION ORIGINALE. Exemplaire imprimé sur PAPIER DE CHINE.

306. DAUDET (Alph.). Port-Tarascon. Dernières aventures de l'illustre Tartarin. Dessins de Bieler, Conconi, Montégut, etc. *Paris, E. Dentu,* 1890, in-8, fig., demi-rel. dos et coins de mar. vert, *non rogné,* couv. (*Carayon.*)

ÉDITION ORIGINALE.
Un des 50 exemplaires numérotés imprimés sur PAPIER DE CHINE.

307. DAUDET (Alph.). Le Roman du Chaperon-Rouge. Neuf lithographies originales de Louis Morin. *Paris, L. Carteret et Cie,* 1903, in-8, fig., demi-rel. dos et coins de mar. rouge, dos orné en mosaïque, tête dor., *non rogné,* couv. (*Champs-Stroobants.*)

Un des 100 exemplaires imprimés sur VÉLIN du Marais avec les lithographies en deux états, en noir et coloriées.

308. DAUDET (Alph.). Tartarin sur les Alpes. Nouveaux exploits du héros tarasconnais. Illustré d'aquarelles par Aranda, de Beaumont, Montenard, de Myrbach, Rossi. Gravure de Guillaume frères. *Paris, Calmann Lévy,* 1885, in-8, fig., demi-rel. de l'éditeur, tête dor., *ébarbé.*

ÉDITION ORIGINALE.

309. DAUDET (Alph.). Tartarin sur les Alpes. Nouveaux exploits du héros tarasconnais. — Tartarin de Tarascon. Illustrés par Aranda, de Beaumont, Montégut, de Myrbach, etc. Gravures de Guillaume frères. *Paris, Marpon et Flammarion,* 1886-1887, 2 vol. in-18, fig., demi-rel.

dos et coins de mar. rouge, dos orné en mosaïque, tête dor., *non rognés,* couv. (*Champs.*)

De la Collection Guillaume-Marpon. Exemplaires numérotés imprimés sur Papier du Japon.

310. DAUDET (Alph.). Douze compositions de Emile Bayard gravées à l'eau-forte par Massard, pour Fromont jeune et Risler aîné. *Paris, L. Conquet,* 1885, in-4, demi-rel. dos et coins de mar. brun foncé, *non rogné.* (*Carayon.*)

Épreuves d'artiste tirées sur papier du Marais, contenant les gravures en premiers états et épreuves plus ou moins terminées. 2 gravures sont en 4 états, les autres sont en 5, 6, 7 et même 8 états.
Ensemble 72 pièces.

311. DAVILLIER (Ch.). L'Espagne par le Baron Ch. Davillier, illustrée de 309 gravures dessinées sur bois par Gustave Doré. *Paris, Hachette et Cie,* 1874, in-4, fig., demi-rel. dos et coins de mar. rouge, dos orné, tête dor., *non rogné,* couv. (*Champs.*)

Exemplaire du premier tirage.

312. DELMET (Paul). Chansons de Paul Delmet. Poésies de MM. G. Auriol, Em. Goudeau, V. Meusy, M. Vaucaire, etc. Lithographies de A. Willette. *Paris, H. Tellier, s. d.* (1892), in-8 monté in-4, fig., demi-rel. chagrin bleu, *non rogné,* couv. (*Carayon.*)

Premier tirage.
Exemplaire auquel on a ajouté les 16 lithographies de *Willette* tirées sur Papier du Japon.

313. DELMET (P.). Chansons de Femmes. Poésies de H. Bernard, Th. Botrel, M. Boukay, L. Forest, etc. Préface d'Armand Silvestre. Lithographies de Steinlen. *Paris, Enoch et Cie* et *P. Ollendorff,* 1896, pet. in-4, fig., demi-rel. dos et coins de mar. La Vallière, tête dor., *non rogné,* couv. (*Champs.*)

Premier tirage.
Un des 50 exemplaires numérotés imprimés sur Papier du Japon.

314. DELORME (Hugues). Quais et Trottoirs. 13 lithographies en couleurs de Heidbrinck. *Paris, imprimé pour les Cent Bibliophiles,* 1898, in-8, fig., demi-rel. dos et coins de mar. grenat, dos orné, *non rogné,* couv. (*Carayon.*)

Édition tirée à 115 exemplaires.

315. DEMESSE (Henri). Les Récits du Père Lalouette. Illustrations par A. Bertrand, H. Giacomelli, M. Leloir, E. Morin, D. Vierge, etc. *Paris, P. Ollendorff,* 1882, in-8 carré, fig., demi-rel. dos et coins de chagrin rouge, *non rogné,* couv. (*Carayon.*)

Un des 25 exemplaires numérotés imprimés sur Papier de Chine.

316. DEMI-CABOTS (les). Le Café-Concert, le Cirque, les Forains. Dessins de H. G. Ibels. Textes de G. d'Esparbès, A. Ibels, M. Lefèvre, G. Montorgueil. *Paris, Charpentier et Fasquelle et L. Conquet,* 1896, pet. in-8, fig., demi-rel. dos et coins de veau vert pâle, dos orné, *non rogné,* couv. (*Carayon.*)

Un des 100 exemplaires numérotés imprimés sur Papier de Chine.
On y a joint l'affiche illustrée.

317. DORNIS (Jean). Les Frères d'Election. Illustrations de Myrbach gravées sur bois par F. Steinmann. *Paris, Paul Ollendorff,* 1896, pet. in-8, fig., demi-rel. dos et coins de mar. bleu, dos orné, *non rogné,* couv. (*Carayon.*)

Un des 60 exemplaires numérotés imprimés sur Papier de Chine.

318. DUMAS fils (Alex.). Ilka. Pile ou Face. Souvenirs de Jeunesse. Le Songe d'une Nuit d'Eté. Au Docteur J. P***. Illustrations de Marold. (*Paris*), *Calmann Lévy,* 1896, pet. in-8, fig., demi-rel. dos et coins de mar. bleu, dos orné en mosaïque, tête dor., *non rogné,* couv. (*Champs.*)

Un des 125 exemplaires numérotés sur Papier de Chine.

319. ENAULT (Louis). Londres par Louis Enault. Illustré de 174 gravures sur bois par Gustave Doré. *Paris,*

Hachette et Cie, 1876, pet. in-fol., fig., demi-rel. dos et coins de mar. brun, *non rogné*, couv. (*Champs.*)

Exemplaire imprimé sur PAPIER DE CHINE.

320. ESCHYLE. L'Orestie. Traduction d'Alexis Pierron, avec une préface par Jules Lemaître. Dessins de Rochegrosse gravés à l'eau-forte par Champollion. *Paris, Librairie des Bibliophiles* (*Jouaust*), 1889, in-12, vign., demi-rel. dos et coins de mar. rouge, dos orné, tête dor., *non rogné*, couv. (*Champs.*)

Un des 25 exemplaires numérotés imprimés sur PAPIER DE CHINE.

321. EVANGILES. Les Saints Evangiles. Traduction (tirée des Œuvres) de Bossuet (par M. H. Wallon). *Paris, Hachette et Cie*, 1873, 2 vol. in-fol., fig., demi-rel. dos et coins de mar. grenat, dos orné, tête dor. *non rognés*. (*Champs.*)

Un des 150 exemplaires numérotés tirés sur PAPIER VÉLIN DE HOLLANDE. Superbes illustrations de *Bida* et *Rossigneux*.

322. FABRE (Ferdinand). Sylviane. Illustrations de George Roux gravées sur bois par Baud et Hamel. *Paris, Émile Testard*, 1892, in-8, fig., demi-rel. dos et coins de mar. vert, ornement mosaïqué sur le dos, *non rogné*, couv. (*Champs.*)

Un des 40 exemplaires numérotés, imprimés sur PAPIER DE CHINE, avec les figures hors texte en double état, noir et sanguine.

323. FEUILLET (Octave). Chamillac, comédie en cinq actes. *Paris, Calmann Lévy*, 1888, in-8, mar. rouge, dos orné, fil., *non rogné*, couv. (*Champs.*)

ÉDITION ORIGINALE tirée à 30 exemplaires numérotés, pour la Société des *Amis des Livres de Lyon*.

Deux AQUARELLES ORIGINALES de *A. Robaudi*, sur le faux-titre et au v° du dernier feuillet.

De la bibliothèque de Ph. BURTY.

324. FLAUBERT (Gustave). Madame Bovary. Mœurs de Province. Par Gustave Flaubert. *Paris, Michel Lévy*

frères, 1857, 2 vol. in-18, front. et fig., demi-rel. dos et coins de veau fauve, dos orné, *non rogné,* couv. (*Champs.*)

Edition originale.

Suite des eaux-fortes de *Boilvin,* avant la lettre sur Papier de Chine et frontispice de *Cuisinier,* sur Papier de Chine, ajoutés.

325. FLAUBERT (G.). Sept compositions dessinées et gravées à l'eau-forte par Boilvin pour Madame Bovary de G. Flaubert. *Paris, Lemerre,* 1874, in-8, cart., dos et coins de toile rouge, *non rogné.* (*Carayon.*)

Épreuves en double état en sanguine avant toutes lettres et le monogramme de l'éditeur, et avant la lettre, tirées sur Hollande.

Une pièce est en triple épreuve.

326. FORAIN (J. L.). La Comédie Parisienne. Deux cent cinquante dessins. — La Comédie Parisienne. Deuxième série. 188 Dessins. *Paris,* 1892 et *s. d.,* 2 vol. pet. in-8, fig., demi-rel. dos et coins de veau rose, dos orné, *non rogné,* couv., emboitages. (*Carayon.*)

Exemplaires numérotés imprimés sur Papier de Chine. Tirages à 100 exemplaires réservés pour la librairie Conquet.

327. FRANCE (Anatole). Balthasar et la Reine Balkis. Aquarelles originales d'après Henri Caruchet. *Paris, L. Carteret et Cie,* 1900, pet. in-8 carré, fig. coloriées, demi-rel. dos et coins de mar. vert, dos orné, tête dor., *non rogné,* couv. (*Champs.*)

Papier vélin. Avec les tirages a part en noir sur Papier de Chine.

328. FRANCE (A.). Nos Enfants. Scènes de la Ville et des Champs. Illustrations de M. B. de Monvel. *Paris, Hachette et Cie,* 1887, in-4, fig. en noir et en couleur, cart., *non rogné,* couv. (*Carayon.*)

Édition originale illustrée.

Exemplaire imprimé sur Papier du Japon.

329. FROMENTIN (Eug.). Sahara et Sahel. Un Eté dans le Sahara. Une Année dans le Sahel. Édition illustrée de douze eaux-fortes par Lerat, Courtry et Rajon, d'une

héliogravure par le procédé Goupil et de 45 gravures d'après Eugène Fromentin. *Paris, E. Plon et Cie*, 1879, gr. in-8, front. et fig., demi-rel. dos et coins de mar. brun, dos orné, tête dor., *non rogné.*

Un des 100 exemplaires d'artiste numérotés imprimés sur PAPIER VÉLIN, avec les eaux-fortes en quadruple état.

330. GAUTIER (Théophile). Omphale. Histoire rococo. Illustrations de Ad. Lalauze. Préface par A. de Claye. *Paris, Ferroud,* 1896, in-18, fig., demi-rel. dos et coins de mar. bleu, dos orné, *non rogné,* couv. (*Carayon.*)

Exemplaire numéroté sur PAPIER VÉLIN D'ARCHES, avec trois états des illustrations dont l'EAU-FORTE PURE.

331. GAUTIER (Th.). Un portrait et quatorze figures dessinées par Delort, gravées à l'eau-forte par Mongin, pour illustrer le Capitaine Fracasse. *Paris, Jouaust,* 1884, in-4, demi-rel. dos et coins de mar. vert, *non rogné.* (*Carayon.*)

Épreuves en double état à L'EAU-FORTE PURE, à grandes marges, et AVANT LA LETTRE avec marques tirées sur PAPIER DU JAPON.

332. GAUTIER (Th.). Un frontispice et dix-huit compositions de Toudouze, gravées par Champollion, pour illustrer Mademoiselle de Maupin. *Paris, L. Conquet,* 1885, in-4, demi-rel. dos et coins de mar. bleu, *non rogné.* (*Carayon.*)

ÉPREUVES D'ARTISTE en divers états, depuis l'eau-forte pure jusqu'à l'épreuve terminée, tirées sur HOLLANDE et sur JAPON. Une pièce est en 4 états, les autres en 5, 6, 7 et même 10 états.

Ensemble 117 pièces.

On y a joint :

1° le portrait de Th. Gautier gravé par Burney en 2 étatsdont l'EAU-FORTE PURE.

2° 2 fleurons de titres avec portraits par *Louis Leloir* en 2 états, dont l'EAU-FORTE PURE.

Ensemble 123 pièces.

333. GEGOUT (E.) et Ch. MALATO. Prison Fin de Siècle. Souvenirs de Pélagie. Illustrations de Steinlen. *Paris, Charpentier et Fasquelle,* 1891, in-18, fig., demi-rel. dos

et coins de mar. rouge, dos orné, tête dor., *non rogné*, couv. (*Champs.*)

Un des 15 exemplaires numérotés imprimés sur PAPIER DU JAPON.

334. GINISTY (Paul). La Vie. Scènes de tous les mondes. Illustrations de Heidbrinck. *Paris, E. Dentu, s. d.*, in-18, fig., demi-rel. dos et coins de mar. brun, *non rogné*, couv. (*Champs.*)

Exemplaire imprimé sur PAPIER DE CHINE.

335. GIRARD (A.). Lettre d'un Candidat ou l'Entrée à Bibliopolis. *Paris, Imprimé pour A. Girard*, 1896, pet. in-4, fig., demi-rel. dos et coins de mar. bleu, dos orné, fil., *non rogné*, couv. (*Carayon.*)

Tiré à 115 exemplaires numérotés sur PAPIER WHATMAN, avec les illustrations de *P. Avril*, gravées par *Gaujean*, en 3 états dont l'EAU-FORTE PURE.

336. GIRON (Aimé). La Maison de Nazareth (légende). Compositions et dessins par M. Vierge. *Paris, P. Ducrocq*, 1874, in-4, front. et fig., cart., *non rogné*, couv. (*Carayon.*)

On y joint du même auteur : Le Sabot de Noël, légende. Compositions et gravures par Léopold Flameng. Avec une préface par M. Jules Janin. *Paris, E. Ducrocq, s. d.* (1863), in-4, front. et fig., cart., *non rogné*, couv. (*Carayon.*)

337. GOËTHE. Un portrait et dix figures dont 2 en-têtes, dessinées et gravées à l'eau-forte par Lalauze pour Faust de Goëthe. *Paris, Quantin*, 1880, in-4, demi-rel. dos et coins de mar. rouge, *non rogné*. (*Carayon.*)

On y a joint : 1° la même suite (moins les en-têtes) en épreuves AVANT LA LETTRE sur Hollande.

2° 62 en-têtes et culs-de-lampe dessinés par *Vogel*, gravés par *Méaulle*, pour la même édition, épreuves hors texte, tirées sur PAPIER DU JAPON.

3° 26 figures au trait d'après les dessins de *Roetsch*.

4° Une figure, le Dr Faust, d'après *Rembrandt*.

338. GOËTHE. Un portrait d'après May et six compositions de Jean Paul Laurens, gravés par Champollion pour

Faust de Goëthe. *Paris, Jouaust,* 1885, in-4, demi-rel. dos et coins de mar. brun, *non rogné.* (*Carayon.*)

Épreuves en double état : EAU-FORTE PURE et AVANT LA LETTRE, avec marque, tirées sur PAPIER DU JAPON.

339. GONCOURT (Edmond et Jules de). Germinie Lacerteux. Dix compositions par Jeanniot gravées à l'eau-forte par L. Muller. *Paris, Quantin,* 1886, in-8, fig., demi-rel. dos et coins de mar. rouge, dos orné, tête dor., *non rogné,* couv. (*Champs.*)

Exemplaire sur PAPIER VÉLIN auquel on a ajouté les figures AVANT TOUTES LETTRES sur PAPIER DU JAPON.

340. GONCOURT (E. et J. de). Germinie Lacerteux. Dix compositions par Jeanniot gravées à l'eau-forte par L. Muller. *Paris, Quantin,* 1886, gr. in-8, fig., cart., *non rogné.*

Exemplaire numéroté, sur PAPIER DU JAPON, contenant une seule suite de *Jeanniot* sur Papier de Hollande.

341. GONCOURT (E. et J. de). L'Italie d'hier. Notes de Voyages, 1855-1856, entremêlées des croquis de Jules de Goncourt jetés sur le carnet de voyage. *Paris, L. Conquet,* 1894, in-8, fig., demi-rel. dos et coins de mar. citron, *non rogné,* couv. (*Carayon.*)

Un des 75 exemplaires numérotés imprimés sur PAPIER DE CHINE. Les illustrations hors texte sont en deux états : en couleur sur PAPIER WATHMAN et en noir, réduites, sur PAPIER DE CHINE.

342. GONCOURT (E. et J. de). Sœur Philomène. Illustrations de Bieler. Gravure de Ch. Guillaume, Romagnol et Burin. *Paris, A. Lemerre,* 1890, in-18, fig., demi-rel. dos et coins de chagrin bleu, *non rogné,* couv. (*Champs.*)

De la Collection Guillaume.
Un des 10 exemplaires numérotés sur PAPIER DE CHINE.

343. GOUDEAU (Émile). Poèmes Parisiens. Illustrations de Ch. Jouas gravées par H. Paillard. *Paris, imprimé pour Henri Beraldi,* 1897, in-8, fig., demi-rel. dos et coins de veau rouge, tête dor., *non rogné,* couv. (*Carayon.*)

Édition tirée à 138 exemplaires numérotés sur PAPIER DE CHINE.

344. GRAND-CARTERET (John). Bismarck en caricatures. Avec 140 reproductions dont 2 coloriées. Dessins originaux de J. Blass, Moloch, Régamey, de Sta, etc. *Paris, Perrin et Cie*, 1890, in-18, fig., demi-rel. dos et coins de chagrin vert, *non rogné*, couv. (*Champs.*)

ÉDITION ORIGINALE.

Un des 20 exemplaires numérotés imprimés sur PAPIER DE CHINE.

345. GRAND-CARTERET (J.). Raphaël et Gambrinus ou l'Art dans la Brasserie. Frontispice de Marcellin Desboutin. Illustrations de Pille, Jeanniot, Dantan, Régamey, Mars, Adeline, etc. *Paris, L. Westhausser*, 1886, petit in-8, fig., cart., *non rogné*, couv. (*Carayon.*)

Un des 30 exemplaires numérotés imprimés sur PAPIER DU JAPON. Frontispice en double état.

346. GRASSET (Eugène). Les Douze mois de 1889 (par Grasset). *Paris, A. Lahure*, (1889), pet. in-4, cart., *non rogné*, couv. (*Carayon.*)

Épreuves coloriées en double état, avec et AVANT LA LETTRE.

347. GRASSET (E.). Les Mois, douze Compositions d'Eugène Grasset, gravées sur bois et imprimées en chromotypographie. *Paris, G. de Malherbe*, 1896, in-4, fig., demi-rel. dos et coins de mar. brun, *non rogné*, couv. (*Carayon.*)

Exemplaire contenant les figures en triple état, en noir sur CHINE, coloriées AVANT LA LETTRE sur CHINE, et coloriées avec la lettre.

348. GRÉVIN (A.). Les Parisiennes par A. Grévin et A. Huart. *Paris, Librairie illustrée, s. d.* (1879), gr. in-8, 100 fig. coloriées et vign. en noir, demi-rel. dos et coins de mar. bleu, dos orné, tête dor., *non rogné*, couv. (*Champs.*)

PREMIER TIRAGE.

349. GUEULLETTE (Charles). Répertoire de la Comédie-Française (Mars 1883-1890), par Ch. Gueullette, avec une préface par Armand Silvestre (Th. de Banville, Arsène Houssaye, H. de Bornier, etc.). *Paris, Librairie des*

Bibliophiles (*Jouaust*), 1885-1891, 7 vol. pet. in-12, portr., cart., *non rognés*, couv.

Portraits de Mlles Bartet, Dudlay, Reichemberg, J. Samary, Mme Barretta-Worms, etc., gravés à l'eau-forte par *Abot.*

350. GUILLAUMET (Gustave). Tableaux Algériens. Ouvrage illustré de douze eaux-fortes par Guillaumet, Courtry, Le Rat, etc., de six héliogravures par Dujardin et de cent vingt-huit gravures en relief d'après les tableaux, les dessins et les croquis de l'artiste. Précédé d'une notice sur la vie et les œuvres de Guillaumet par Eugène Mouton. *Paris, E. Plon, Nourrit et Cie*, 1888, gr. in-8, portr. et fig., demi-rel. dos et coins de mar. rouge, dos orné, tête dor., *non rogné*, couv. (*Champs.*)

Un des 100 exemplaires d'artiste numérotés imprimés sur PAPIER VÉLIN, avec trois états des eaux-fortes dont les AVANT LA LETTRE en SANGUINE et sur CHINE.

351. HACKS (Charles). Le Geste. Illustrations de Lanos. *Paris, E. Flammarion, s. d.*, gr. in-8, figures, demi-reliure dos et coins de mar. rouge, *non rogné*, couv. (*Carayon.*)

PREMIER TIRAGE.

Exemplaire auquel on a ajouté :

1° 1 croquis de *Lanos* pour un essai de couverture.

2° 1 DESSIN ORIGINAL de *Lanos* « à propos du geste fatidique, l'ombre portée de Gambetta ».

3° la suite des *fumés* des illustrations sur bois gravées par *A. Prunaire.*

352. HALEVY (Ludovic). L'Abbé Constantin illustré par Madame Madeleine Lemaire. *Paris, Boussod, Valadon et Cie*, 1887, in-4, fig., demi-rel. dos et coins de mar. bleu, dos orné en mosaïque, tête dor., *non rogné*, couv. (*Champs.*)

PREMIER TIRAGE. AQUARELLE ORIGINALE de *Madeleine Lemaire* avec envoi autographe à Monsieur Albert Wolf, sur le faux-titre.

353. HALEVY (Lud.). Karikari. Aquarelles d'après Henriot. *Paris, L. Conquet*, 1887, in-16, fig., demi-rel. dos et coins de mar. bleu, *non rogné*, couv. (*Carayon.*)

Non mis dans le commerce.

PAPIER DU JAPON. Figures rehaussées à l'aquarelle.

354. HALEVY (Lud.). Mariette. Quarante compositions de Henry Somm. *Paris, L. Conquet,* 1893, in-8, fig., mar. bleu ciel à grains longs, *non rogné,* couv. (*Carayon.*)

Un des premiers exemplaires numérotés imprimés sur PAPIER DU JAPON, avec les encadrements peints à l'aquarelle et le TIRAGE A PART en noir sur PAPIER DE CHINE de ces encadrements.

AQUARELLE ORIGINALE de *H. Somm* servant de frontispice, ajoutée.

355. HANNON (Théodore). Rimes de Joie. Avec une préface de J. K. Huysmans, un frontispice et trois gravures à l'eau-forte de Félicien Rops. *Bruxelles, Gay et Doucé,* 1881, in-18, fig., demi-rel. dos et coins de mar. orange, *non rogné,* couv. (*Champs.*)

Exemplaire imprimé sur PAPIER DU JAPON, avec envoi autographe de l'auteur.

356. HARAUCOURT (Edmond). L'Effort. La Madone. L'Antéchrist. L'Immortalité. La Fin du Monde. *Paris, publié pour les Bibliophiles Contemporains,* 1894, in-4, fig., demi-rel. dos et coins de mar. bleu, dos orné, *non rogné,* couv. (*Carayon.*)

Illustrations en couleur et en noir par *Lunois, Courboin, Carloz Schwabe, Séon* et *Rudnicki.*

357. HENNIQUE (Léon). La Mort du Duc d'Enghien, en trois tableaux. Dessins de Henri Dupray gravés à l'eau-forte par L. Muller. *Paris, Tresse et Stock,* 1886, in-8, fig., demi-rel. dos et coins de mar. bleu, *non rogné,* couv.

ÉDITION ORIGINALE.

Un des 20 exemplaires numérotés tirés sur PAPIER DU JAPON.

358. HENNIQUE (L.). La Rédemption de Pierrot. Pantomime (interdite par l'autorité compétente). Cinq eaux-fortes de Louis Morin. *Paris, F. Ferroud,* 1903, in-8, fig., demi-rel. dos et coins de mar. rouge, tête dor., *non rogné,* couv. (*Champs-Stroobants.*)

Un des 125 exemplaires numérotés imprimés sur PAPIER DU JAPON, avec les eaux-fortes avec la lettre.

359. HENNIQUE (L.) et HUYSMANS. Pierrot sceptique. Pantomime. Dessins de Jules Chéret. *Paris, Ed. Rouveyre,* 1881, in-8, fig., demi-rel. dos et coins de mar. orange, *non rogné,* couv. (*Champs.*)

Un des 46 exemplaires numérotés imprimés sur PAPIER DU JAPON. Les illustrations hors texte de *J. Chéret* sont sur Papier vélin.

360. HENRIOT (Henri Maigrot). L'Année Parisienne. Texte et Dessins par Henriot. *Paris, L. Conquet,* 1894, in-12, front. et fig., cart. en demi-vélin blanc avec coins, dos orné, *non rogné,* couv., emboitage. (*Carayon.*)

Exemplaire sur PAPIER VÉLIN blanc, non mis dans le commerce, avec les figures coloriées et une AQUARELLE ORIGINALE de *Henriot* sur le faux-titre.

361. HENRIOT. Napoléon aux Enfers. Illustrations par l'auteur. *Paris, L. Conquet,* 1895, in-18, fig. coloriées, demi-rel. dos et coins de mar. vert, dos orné, *non rogné,* couv. (*Carayon.*)

Exemplaire non mis dans le commerce. Figures coloriées. AQUARELLE ORIGINALE de *Henriot* sur le faux-titre.

362. HERVILLY (Ernest d'). Les Bêtes à Paris. 36 Sonnets par Ernest d'Hervilly illustrés par G. Fraipont. *Paris, H. Launette et Cie, s. d.* (1886), in-4, fig., demi-rel. dos et coins de mar. brun, dos orné, tête dor., *non rogné,* couv. (*Bretault.*)

ÉDITION ORIGINALE.
Exemplaire imprimé sur PAPIER DU JAPON. AQUARELLE ORIGINALE de *G. Fraipont,* sur le faux-titre, avec envoi autographe à M. G. Boudet.

363. HEURES (les) de la Très-Sainte Vierge. *Paris, Boussod-Valladon,* 1895, in-8, fig., cart. vélin blanc, dos orné, fil. et coins ornés, *non rogné.* (*Carayon.*)

Illustré de 20 planches hors texte par *G. Dubufe.*

364. HOFFBAUER. Paris à travers les âges. Aspects successifs des monuments et quartiers historiques de Paris depuis le XIIIe siècle jusqu'à nos jours, fidèlement restitués d'après les documents authentiques par M. F.

Hoffbauer, architecte. Texte par MM. Ed. Fournier, P. Lacroix, A. de Montaiglon, J. Cousin, etc. *Paris, F. Didot et Cie*, 1875-1882, 2 vol. in-fol., fig., planches en noir et en couleurs, demi-rel. dos et coins de mar. rouge, dos orné, tête dor., *non rognés*. (*Krafft.*)

Premier tirage.

365. HUGO (Victor). L'Année terrible, illustrations de L. Flameng et D. Vierge. *Paris, Michel Lévy frères*, 1874, gr. in-8, front. et fig., demi-rel. dos et coins de mar. rouge, tête dor., *non rogné*, couv. (*Carayon.*)

Premier tirage.
Un des 20 exemplaires numérotés imprimés sur Papier de Chine.

366. HUGO (V.). Les Châtiments. Nouvelle édition illustrée (par Em. Bayard, J. P. Laurens, Ch. et V. Hugo, etc.). *Paris, Eug. Hugues, s. d.* (1884), gr. in-8, front. et fig., cart., *non rogné*, couv. (*Carayon.*)

Exemplaire imprimé sur Papier de Chine.

367. HUGO (V.). Le Dernier Jour d'un Condamné. Claude Gueux. Nouvelle édition illustrée (par Gavarni, Vogel, C. Nanteuil, Zier, etc.). *Paris, Eug. Hugues, s. d.* (1883), gr. in-8, fig., cart., *non rogné*, couv. (*Carayon.*)

Un des 60 exemplaires numérotés imprimés sur Papier de Chine.

368. HUGO (V.). Histoire d'un Crime. Déposition d'un témoin. Edition illustrée par MM. J. P. Laurens, E. Bayard, D. Vierge, etc. *Paris, Eug. Hugues*, 1879, gr. in-8, portr. et fig., demi-rel. dos et coins de mar. rouge, tête dor., *non rogné*, couv. (*Carayon.*)

Première édition illustrée.
Exemplaire imprimé sur Papier de Chine.

369. HUGO (V.). L'Homme qui rit. Illustrations de D. Vierge. *Paris, Librairie illustrée*, 1885 (*pour* 1875), gr. in-8, front. et fig., demi-rel. dos et coins de mar. vert olive, tête dor., *non rogné*, couv. (*Champs.*)

Première édition illustrée.

370. HUGO (V.). Les Misérables. *Paris, Eugène Hugues, s. d.* (1879-1882), 5 vol. gr. in-8, front. et fig., cart., *non rognés,* couv. (*Carayon.*)

Edition illustrée, par *E. Bayard, E. Morin, Vierge, J. P. Laurens, A. Marie,* etc.

Un des 50 exemplaires numérotés imprimés sur Papier de Chine.

371. HUGO (V.). Napoléon le Petit. Édition illustrée par MM. J.-P. Laurens, E. Bayard, E. Morin, D. Vierge, etc. *Paris, Eug. Hugues,* 1879, gr. in-8, portr., front. et fig., demi-rel. dos et coins de mar. rouge, tête dor., *non rogné,* couv. (*Carayon.*)

Premier tirage.

Un des 10 exemplaires numérotés imprimés sur Papier de Chine.

372. HUGO (V.). Notre-Dame de Paris. Nouvelle édition illustrée (par Lemud, Bayard, de Beaumont, Daubigny, Vierge, Meryon, etc.). (*Paris, Eugène Hugues,* 1877), 2 vol. in-8, front. et fig., demi-rel. dos et coins de mar. vert, *non rognés,* couv.

Premier tirage.

Un des 25 exemplaires numérotés imprimés sur Papier de Chine.

373. HUGO (V.). Quatre vingt treize par Victor Hugo. (Dessins de Em. Bayard, K. Bodmer, V. Hugo, Edm. Morin, etc., gravures de Bellenger, Froment, Léveillé, Méaulle, etc.). *Paris, Eug. Hugues, s. d.* (1876), gr. in-8, front. et fig., demi-rel. dos et coins de mar. rouge, tête dor., *non rogné,* couv. (*Carayon.*)

Première édition illustrée.

Un des 25 exemplaires numérotés imprimés sur Papier de Chine.

374. HUGO (V.). Les Travailleurs de la Mer. Illustrations de Daniel Vierge. *Paris, Librairie illustrée,* 1876, gr. in-8, front. et fig., demi-rel. dos et coins de mar. vert, tête dor., *non rogné,* couv. (*Rousselle.*)

Papier vélin teinté. Premier tirage.

375. HUGO (V.). Cent figures dessinées par Fr. Flameng et gravées à l'eau-forte par R. de Los Rios, H. Toussaint,

L. Flameng, H. Lefort, A. Mongin, etc., pour les Œuvres de V. Hugo. *Paris, L. Hébert, s. d.*, in-4, demi-rel. dos et coins de mar. rouge, *non rogné.* (*Carayon.*)

Épreuves sur PAPIER DU JAPON en double état : EAU-FORTE PURE et ÉPREUVE D'ARTISTE avec REMARQUE.

376. HUMBERT (A.). Le Japon illustré par Aimé Humbert. Ouvrage contenant 476 vues, scènes, types, monuments et paysages dessinées par E. Bayard, H. Catenaci, Eug. Ciceri, L. Crepon, etc. Une carte et cinq plans. *Paris, Hachette et Cie*, 1870, 2 vol. in-4, fig., mar. rouge jans., tête dor., *non rognés.* (*Chambolle-Duru.*)

Un des rares exemplaires imprimés sur PAPIER DE CHINE.

377. HUYSMANS (J.-K.). Croquis Parisiens. Eaux-fortes de Forain et Raffaelli. *Paris, H. Vaton*, 1880, in-8, front. et fig., demi-rel. dos et coins de mar. La Vallière, dos orné, tête dor., *non rogné,* couv. (*Champs.*)

Orné de 10 figures gravées à l'eau-forte par *Forain* et *Raffaelli.* PAPIER DE HOLLANDE.

378. JACQUEMART (A.). Histoire du Mobilier. Recherches et Notes sur les Objets d'Art qui peuvent composer l'Ameublement et les Collections de l'Homme du monde et du Curieux, par Albert Jacquemart. Avec une notice sur l'auteur par M. H. Barbet de Jouy. Ouvrage contenant plus de 200 eaux-fortes typographiques. *Paris, Hachette et Cie*, 1876, gr. in-8, fig., demi-rel. dos et coins de mar. bleu, dos orné en mosaïque, *non rogné.* (*Carayon.*)

Exemplaire imprimé sur PAPIER DE CHINE.

379. JANIN (Jules). Un portrait d'après Dubufe et 11 figures dessinées et gravées à l'eau-forte par Edm. Hédouin, pour les Œuvres de J. Janin. *Paris, Jouaust*, 1876-1883, in-8 monté in-4, demi-rel. dos et coins de mar. bleu, *non rogné.* (*Carayon.*)

Épreuves en double état sur PAPIER DU JAPON, ÉPREUVES D'ARTISTE et EAUX-FORTES PURES. Une planche : *les Cheveux blancs de la Reine,* n'existe pas à l'état d'eau-forte.

380. JOB. Les Epées de France. *Paris, H. Geffroy, s. d.*, in-4 obl., fig. coloriées, cart., *non rogné*, couv. (*Carayon.*)

Un des 30 exemplaires numérotés sur Papier du Japon.

On y joint, du même artiste : *Mémoires de César Chabrac, Trompette de Houzards* et *Le Grand Napoléon des Petits Enfants*, 2 albums in-4 obl., cart. de l'éditeur.

381. JOINVILLE (Prince de). Vieux Souvenirs 1818-1848. *Paris, Calmann Lévy*, 1894, gr. in-8, fig., demi-rel. dos et coins de mar. rouge, dos orné, tête dor., *non rogné*, couv. (*Champs.*)

Un des 50 exemplaires numérotés imprimés sur Papier du Japon.

382. JOSSOT. Artistes et Bourgeois. Vingt-quatre compositions par Jossot. Préface de Willy. *Paris, Boudet et Tallandier, s. d.*, in-8, fig., demi-rel. dos et coins de mar. rouge, *non rogné*, couv. (*Carayon.*)

Un des 24 exemplaires numérotés imprimés sur Papier du Japon, avec une suite à part en noir sur Chine.

Deux dessins originaux (le même en noir et colorié) de *Jossot*, ajoutés.

383. KLINGSOR. Petits Métiers des Rues de Paris. Préface de Roger Marx. Texte par Klingsor ornementé de bois dessinés et gravés par Jacques Beltrand. *Paris*, 1904, in-8, fig., demi-rel. dos et coins de mar. rouge, tête dor., *non rogné*, couv. (*Champs-Stroobants.*)

Édition tirée à 201 exemplaires.

384. LA FONTAINE (Jean de). Fables de La Fontaine. Notices par M. Poujoulat. Cinquante gravures et un portrait à l'eau-forte par V. Foulquier. *Tours, A. Mame et fils*, 1875, gr. in-8, portr. et fig., demi-rel. dos et coins de mar. vert, dos orné de fil., tête dor., *non rogné*, couv. (*Champs.*)

Premier tirage. Un des 300 exemplaires numérotés imprimés sur Papier vergé.

On a ajouté une suite des gravures en épreuves d'artiste tirées hors texte, sur Papier de Chine appliqué.

385. LA FONTAINE (J. de). Psyché, publié par D. Jouaust. Compositions d'Emile Lévy gravées à l'eau-forte par Boutelié. Dessins de Giacomelli gravés sur bois par Sargent. *Paris, Librairie des Bibliophiles* (*Jouaust*), 1880, in-12, vign., demi-rel. dos et coins de mar. bleu, dos orné en mosaïque, tête dor., *non rogné*, couv. (*Champs.*)

Exemplaire imprimé sur PAPIER DE CHINE.

386. LA FONTAINE (J. de). Vingt estampes dessinées par Fragonard et Touzé pour les Contes de La Fontaine réduites et gravées à l'eau-forte par T. de Mare. *Paris, L. Couquet,* 1881, in-4, demi-rel. dos et coins de mar. rouge, *non rogné.* (*Carayon.*)

Outre les 20 estampes, la collection comprend un portrait, un fleuron de titre et 3 estampes supplémentaires, ensemble 25 pièces en 4 états tirées sur PAPIER DU JAPON : EAU-FORTE PURE, épreuve avancée, épreuve terminée en noir, épreuve terminée en bistre.

387. LA FONTAINE (J. de). Un portrait et dix figures dessinés par Ed. de Beaumont et gravés par E. Boilvin, pour les Contes de La Fontaine. *Paris, Jouaust,* 1885, in-8 tiré in-4, demi-rel. dos et coins de mar. citron, *non rogné.* (*Carayon.*)

Épreuves en double état : ÉPREUVES D'ARTISTE avec MARQUE sur PAPIER DE HOLLANDE et EAUX-FORTES PURES sur PAPIER DU JAPON (tirage à 10 ex.).

388. LA FONTAINE (J. de). Un portrait et soixante-quatorze figures dessinées et gravées à l'eau-forte par A. Delierre, pour Les Fables de La Fontaine. *Paris, Quantin,* 1883, in-4, demi-rel. dos et coins de mar. bleu, *non rogné.* (*Carayon.*)

Epreuves en trois états : 1° PAPIER WHATMAN, noms d'artiste et d'éditeur gravés, 2° AVANT LA LETTRE sur PAPIER DU JAPON, 3° ÉPREUVES D'ARTISTE, avec signature à la pointe, sur PAPIER DU JAPON.

On a ajouté 22 en-têtes inédits de *A. Delierre,* sur PAPIER DU JAPON.

On y joint le texte imprimé sur PAPIER WHATMAN, en 13 livraisons.

389. LA FONTAINE (J. de). Un portrait et douze figures dessinés par Emile Adan, gravés à l'eau-forte, par Le Rat pour illustrer les Fables de La Fontaine. *Paris,*

Jouaust, 1885, in-4, cart. dos et coins de toile rouge, *non rogné*. (*Carayon*.)

Épreuves sur JAPON à grandes marges, en triple état : EAU-FORTE PURE (tirées à 10 ex.) ; épreuves AVANT LA LETTRE, signées par l'artiste, et épreuves avec la lettre.

390. LA FONTAINE (J. de). Six eaux-fortes gravées par F. Bracquemond d'après les aquarelles de G. Moreau, pour les Fables de La Fontaine. *Paris, Boussod-Valadon*, 1886, in-fol., pl., demi-rel. dos et coins de mar. rouge à grains longs, dos orné, tête dor., *non rogné*. (*Pagnant*.)

Épreuves en double état :

1° avant l'adresse des éditeurs et avec les mots, *In progress...*, sur PAPIER DU JAPON et PAPIER VÉLIN.

2° avec les noms et adresses des éditeurs, avec signature autographe du graveur, sur PAPIER DU JAPON.

Belle collection.

391. LAMARTINE (Alphonse de). Méditations Poétiques par A. de Lamartine. Compositions de H. Guinier gravées à l'eau-forte par C. Coppier. *Imprimé aux frais de la Société des Amis des Livres*, 1910, in-8 carré, portr. et fig., *broché*, couv.

Édition tirée à 100 exemplaires numérotés, sur PAPIER VÉLIN du Marais. Les ornements des titres, les monogrammes de la Société et les lettres ornées ont été dessinées par *E. A. Séguy* et gravées sur bois par *H. Paillard*.

392. LANO (Pierre de). Les Bals Travestis et les Tableaux Vivants sous le Second Empire. Illustré de vingt-cinq aquarelles hors texte par Léon Lebègue. *Paris, H. Simonis Empis*, 1893, pet. in-4, fig. coloriées, demi-rel. dos et coins de mar. rouge, *non rogné*, couv. (*Carayon*.)

PREMIÈRE ÉDITION.

393. LEBÈGUE (Léon). Almanach du Parisien pour 1895, *Paris, G. Boudet*, in-16, fig. en noir et en couleur, cart., *non rogné*, couv. (*Carayon*.)

On y joint : Léon Lebègue. Almanach Cycliste pour 1894. *Paris, « Le Cycle »*, in-16, fig. en noir et en couleurs, cart., *non rogné*, couv. (*Champs*.)

394. LEFEVRE (Maurice). Scaramouche. Conte suivi de l'argument du ballet. *Paris, P. Ollendorff,* 1891, in-8 carré, fig., demi-rel. dos et coins de mar. orange, *non rogné,* couv. (*Carayon.*)

Un des 10 exemplaires numérotés imprimés sur Papier du Japon.

395. LEMAITRE (Jules). Dix Contes. Illustrations de Luc-Olivier Merson, G. Clairin, F. H. Lucas, Cornillier, Lœvy. Gravures sur bois de Léveillé, Ruffe, Dutheil. Couverture en couleur par Grasset. *Paris, Lecène et Oudin,* 1890, gr. in-8, fig., demi-rel. dos et coins de mar. rouge, *non rogné,* couv. (*Carayon.*)

Un des 25 exemplaires numérotés imprimés sur Papier de Chine.

396. LEMOYNE (André). Les Charmeuses. Eaux-fortes de L. G. de Bellée, Feyen-Perrin et Édouard Leconte. (*Paris*), *Firmin Didot frères, s. d.* (1868), in-8, fig., demi-rel. dos et coins de mar. vert, dos orné en mosaïque, tête dor., *non rogné,* couv. (*Champs.*)

Première édition illustrée.

397. LE NOBLE (Alex.). La Rapinéide ou l'Atelier. Poème burlesco-comico-tragique en 7 chants, par un ancien rapin des ateliers Gros et Girodet. *Paris, Barraud* 1870, in-8, fig., demi-rel. dos et coins de mar. rouge, *non rogné,* couv. (*Champs.*)

Un des 20 exemplaires imprimés sur Papier de Chine.
Aquarelle originale de *H. Somm,* ajoutée.

398. LÉONNEC (P.). Patara et Bredindin. Aventures et Mésaventures de Deux Gabiers en Bordée. Par E. P. ex-fourrier du Suffren. Précédées d'une préface de l'éditeur. Illustrées de 150 croquis à la plume par Paul Léonnec. *Paris, Léon Vannier,* 1884, pet. in-8, fig., demi-rel. dos et coins de chagrin vert, *non rogné,* couv. (*Champs.*)

Exemplaire numéroté imprimé sur Papier du Japon.
Aquarelle originale de *P. Léonnec* sur le faux-titre.

399. LE ROUX (Hugues). Calendrier Parisien. Texte par Hugues Le Roux. Treize lithographies par Dillon. *Paris, L. Conquet*, 1892, in-12, fig., cart. en soie brochée, couv., étui. (*Carayon.*)

Exemplaire unique provenant de la bibliothèque de M. Sciama, contenant les 13 DESSINS ORIGINAUX de *Dillon* et les lithographies en deux états, avec et AVANT LA LETTRE.

AQUARELLE ORIGINALE de *Dillon* sur le faux-titre.

400. LE SAGE. Un portrait et vingt figures dessinées et gravées par Lalauze, pour illustrer l'Histoire de Gil Blas. *Edimbourg, s. d.*, in-4, cart. dos et coins de toile rouge, *non rogné*. (*Carayon.*)

Épreuves d'artiste sur PAPIER DE HOLLANDE ; elles ont des remarques gravées (sauf 3).

401. LÉVY (Jules). Estelle au lansquenet. Comédie de salon en un acte. Dessins de Caran d'Ache. *Paris, Tresse et Stock*, 1892, in-18, fig., cart., *non rogné*, couv. (*Carayon.*)

Un des 25 exemplaires numérotés imprimés sur PAPIER DE CHINE.

402. LIVRE (le) de Pochi écrit pour Judith Cladel et ses petites amies, par P. Arène, J. Claretie, A. Daudet, C. Mendès, A. Silvestre, etc. Illustrations de Ary Gambard et Lunel. Décorations de Galice et Stein. *Paris, Ed. Monnier, de Brunhoff et Cie, s. d.* (1885), in-8 carré, fig., demi-rel. dos et coins de mar. rouge, *non rogné*, couv. (*Carayon.*)

Exemplaire imprimé sur PAPIER DU JAPON.

403. LOIR (Maurice). La Marine Française. Illustrations de L. Couturier et F. Montenard. *Paris, Hachette et Ce*, 1893, in-4, fig. et vign., demi-rel. dos et coins de mar. bleu, dos orné, tête dor., *non rogné*, couv. (*Champs.*)

Un des 20 exemplaires numérotés imprimés sur PAPIER DE CHINE.

404. LONGUS. Daphnis et Chloé. Traduction d'Amyot. Compositions d'Émile Lévy gravées à l'eau-forte par

Flameng. Dessins de Giacomelli gravés sur bois par Rougel et Sargent. *Paris, Librairie des Bibliophiles (Jouaust)*, 1872, in-12, vign., mar. bleu, dos orné, fil., tr. dor., étui. (*David.*)

Exemplaire numéroté imprimé sur PAPIER DE CHINE.

405. LONGUS. Daphnis et Chloé. Traduction P.-L. Courier. Compositions dessinées et gravées à l'eau-forte par P. Avril. *Paris, L. Conquet*, 1898, in-12, front. et fig., demi-rel. dos et coins de mar. bleu, dos orné, tête dor., *non rogné*, couv. (*Champs.*)

PAPIER VÉLIN.

406. LOTI (Pierre) [Julien Viaud]. La Chanson des Vieux Epoux. Aquarelles d'après Henry Somm. *Paris, L. Conquet*, 1899, in-16, fig., demi-rel. dos et coins de mar. vert, tête dor., *non rogné*, couv. (*Champs.*)

PAPIER DU JAPON. Vignettes coloriées.

407. LOTI (P.). Madame Chrysanthème. Dessins et aquarelles de Rossi et Myrbach. Gravure de Guillaume frères. *Paris, Calmann Lévy*, 1888, in-8, fig. en noir et en couleur, demi-rel. dos et coins mar. citron, dos orné en mosaïque, tête dor., *non rogné*, couv. (*Champs.*)

ÉDITION ORIGINALE. Un des 100 exemplaires numérotés imprimés sur PAPIER DU JAPON.

408. LOTI (P.). Le Mariage de Loti. Illustrations de l'auteur et de A. Robaudi (gravées sur bois par Clément Bellenger). *Paris, Calmann Lévy*, 1898, gr. in-8, fig., demi-rel. dos et coins de mar. bleu, dos orné, tête dor., *non rogné*, couv. (*Champs.*)

Un des 25 exemplaires numérotés imprimés sur PAPIER DE CHINE.

409. LOTI (P.). Matelot. Illustrations de Myrbach. *Paris, A. Lemerre, s. d.* (1893), in-18, fig., demi-rel. dos et coins de mar. bleu, *non rogné*, couv. (*Champs.*)

Un des 30 exemplaires numérotés imprimés sur PAPIER DE CHINE.

410. LOUVET DE COUVRAY. Un portrait et quinze figures dessinés par Paul Avril, gravés à l'eau-forte par Monziès pour les Aventures du Chevalier de Faublas. *Paris, Jouaust,* 1884, in-4, demi-rel. dos et coins de mar. rouge, *non rogné.* (*Carayon.*)

Épreuves en triple état : EAU-FORTE PURE, AVANT LA LETTRE et avec la lettre, tirées sur PAPIER DU JAPON. Une pièce est en 4 états.

411. LUCIEN. Dialogues des Courtisanes. Traduction et notices par A. J. Pons. Illustrations par H. Scott et F. Méaulle. *Paris, A. Quantin,* 1881, in-16, vign. coloriées, mar. bleu ciel, dos orné, double rangée de fil., doublé de mar. vert, enc. de fil. et fleurette mosaïquée dans les angles, gardes en moire bleue, tête dor., *non rogné,* couv. (*Vieuxmaire.*)

Exemplaire imprimé sur PAPIER DU JAPON.

412. MARGUERITE DE VALOIS. Un portrait, 75 en-têtes, 76 culs-de-lampe et 3 figures, gravés par T. de Mare, Ch. Courtry, Champollion, etc., d'après Freudeberg et Dunker, pour l'Heptameron des Nouvelles de Marguerite de Valois reine de Navarre. *Paris, Eudes,* 1880, pet. in-4, demi-rel. dos et coins de mar. rouge, dos orné, *non rogné.* (*Carayon.*)

Épreuves sur PAPIER DU JAPON, avant l'aciérage, tirées à 20 exemplaires pour la *Librairie Conquet.*

15 pièces diverses en épreuves différentes. Ensemble 170 pièces.

413. MARIE (Adrien). Une Journée d'Enfant. Compositions inédites par Adrien Marie. Vingt planches en héliogravure de Dujardin. *Paris, libr. artistique H. Launette,* 1883, in-4, cart. dos et coins de toile bleue, *non rogné,* couv. (*Carayon.*)

Exemplaire imprimé en bistre sur PAPIER DU JAPON. On y a joint une suite complète des mêmes compositions gravées sur bois en réduction, épreuves à l'état de *fumés* tirés sur PAPIER PELURE DU JAPON.

414. MARIVAUX. La Femme fidèle. Comédie en un acte et en prose de Marivaux complétée par Julien Berr de Turique sous le titre Les Revenants. Préface par Gustave

Larroumet. *Paris, Lud. Baschet, s. d.*, in-4, fig., cart., *non rogné*, couv. (*Carayon.*)

Illustrations de *E. Grivaz.*

Un des 25 exemplaires numérotés imprimés sur Papier du Japon.

415. MARX (Roger). La Loïe Fuller. Estampes modelées de Pierre Roche. *Evreux*, 1904, pet. in-4, fig., demi-rel. dos et coins de mar. vert, *non rogné*, couv. (*Champs-Stroobants.*)

Édition tirée à 130 exemplaires pour la Société des *Cent Bibliophiles.* Curieuses illustrations coloriées en relief. L'impression est faite, pour la première fois, avec les caractères *Auriol* italiques, gravés et fondus par G. Peignot et fils.

416. MASSON (Armand). Par devant Notaire. Fantaisie en vers. Illustrée par Willette. *Paris, L. Vanier,* 1886, in-8, fig., cart., *non rogné*, couv. (*Carayon.*)

Premier tirage. Exemplaire sur Papier du Japon.

417. MASSON (Frédéric). Napoléon chez lui. La Journée de l'Empereur aux Tuileries. Illustrations de F. de Myrbach. *Paris, E. Dentu, s. d.* (1894), in-8, fig., demi-rel. dos et coins de mar. vert, dos orné d'attributs napoléoniens, *non rogné*, couv. (*Carayon.*)

Exemplaire numéroté imprimé sur Papier de Chine.

On a ajouté un tirage d'artiste avec remarque sur Papier pelure du Japon, avec signature autographe du graveur *Romagnol.*

418. MAUCLAIR (Camille). Les Camelots de la Pensée. Bois en couleurs de Maurice Delcourt. *Paris, les Cent Bibliophiles,* 1902, pet. in-4, fig., demi-rel. dos et coins de mar. grenat, tête dor., *non rogné*, couv. (*Champs-Stroobants.*)

Édition tirée à 130 exemplaires numérotés.

419. MAUPASSANT (Guy de). Contes choisis. Illustrés de 118 dessins de G. Jeanniot. *Paris, Librairie illustrée, s. d.* (1886), in-8, fig., demi-rel. dos et coins de mar. rouge, *non rogné*, couv. (*Carayon.*)

Un des 25 exemplaires numérotés imprimés sur Papier de Chine. Envoi autographe de l'éditeur.

420. MAUPASSANT (G. de). Contes du Jour et de la Nuit. Illustrations de P. Cousturier. *Paris, Marpon et Flammarion, s. d.* (1885), in-18, fig., cart., *non rogné,* couv. (*Champs.*)

ÉDITION ORIGINALE.

421. MAUPASSANT (G. de). Toine (L'Ami Patience, la Dot, Rencontre, le Lit 29, le Protecteur, etc.). Illustrations de Mesplès. *Paris, Marpon et Flammarion, s. d.* (1885), in-18, front. et vign., cart., *non rogné,* couv.

ÉDITION ORIGINALE.

422. MEILHAC (Henri) et Lud. HALEVY. La Vie Parisienne. Édition illustrée par Draner et Hadol. Musique de M. J. Offenbach. *Paris, Librairie illustrée,* 1875, gr. in-8, fig. en noir et coloriées, cart., *non rogné,* couv.

PREMIÈRE ÉDITION ILLUSTRÉE.

423. MELANDRI (Achille). Giboulées d'Avril. Fantaisie en vers de Melandri, illustrée par Willette. *Paris, L. Vanier, s. d.* (1885), in-8, fig., cart., *non rogné,* couv. (*Carayon.*)

PREMIER TIRAGE.
Exemplaire imprimé sur PAPIER ROSE.

424. MELANDRI (A.). Le Petit Chaperon Rouge. Conte par Melandri. 17 Dessins de Willette. *Paris, L. Vanier,* 1888, in-8, fig., cart., *non rogné,* couv. (*Carayon.*)

PREMIER TIRAGE. PAPIER DU JAPON.

425. MELANDRI (A.). Les Pierrots. Fantaisie en vers de Melandri. Illustrée par Willette. *Paris, L. Vanier, s. d.* (1885), in-8, fig., cart., *non rogné,* couv. (*Carayon.*)

PREMIER TIRAGE.

426. MELANDRI (A.). Les Sœurs Hédouin. Trente-cinq lithographies hors texte (par A. Willette). *Paris, E. Dentu,* 1892, in-18, fig., demi-rel. dos et coins de mar. rouge, *non rogné,* couv. (*Champs.*)

ÉDITION ORIGINALE.
Exemplaire imprimé sur PAPIER DU JAPON, avec deux états des lithographies dont un sur PAPIER VÉLIN.

427. MENDÈS (Catulle). L'Evangile de l'Enfance de Notre-Seigneur-Jésus-Christ selon Saint-Pierre. Mis en français par Catulle Mendès d'après le manuscrit de l'Abbaye de Saint-Wolfgang. Compositions et encadrements de Carloz Schwabe. *Paris, A. Colin et Cie, s. d.*, in-4, fig. coloriées, demi-rel. dos et coins de mar. bleu, dos orné en mosaïque, tête dor., *non rogné*, couv. (*Champs.*)

Un des 100 exemplaires numérotés avec les TIRAGES A PART des gravures en noir.

428. MÉRIMÉE (Prosper). Colomba. Illustrations de Gaston Vuillier. (*Paris*), *Calmann Lévy*, 1897, pet. in-8, fig., demi-rel. dos et coins de mar. grenat, dos orné, fil., tête dor., *non rogné*, couv. (*Champs.*)

Un des 100 exemplaires numérotés sur PAPIER DE CHINE.

429. MÉRIMÉE (P.). Nouvelles de Mérimée. La Mosaïque, avec des dessins de Aranda, de Beaumont, Le Blant, Merson, etc., gravés par Le Rat, Lalauze, Champollion, Géry-Bichard, etc. Préface par Jules Lemaitre. *Paris, Librairie des Bibliophiles* (*Jouaust*), 1887, in-8, portr. et fig., demi-rel. dos et coins de mar. bleu, *non rogné*, couv. (*Champs.*)

Exemplaire numéroté sur PAPIER VÉLIN DE HOLLANDE.

On a ajouté une double suite des illustrations, ÉPREUVES D'ARTISTE AVEC MARQUE et EAUX-FORTES PURES sur PAPIER DU JAPON. Ce dernier état n'a été tiré qu'à 10 exemplaires.

430. MICHELET (Jules). Jeanne d'Arc (1412-1432). Avec dix eaux-fortes de Boilvin, Boulard, Champollion, Courtry, etc. d'après les dessins de Bida. *Paris, Hachette et Cie*, 1888, gr. in-8, fig., demi-rel. dos et coins de mar. bleu, dos orné en mosaïque, tête dor., *non rogné*, couv. (*Champs.*)

PREMIÈRE ÉDITION ILLUSTRÉE.

Un des 25 exemplaires numérotés imprimés sur PAPIER DU JAPON, avec les figures en double état, avec et AVANT LA LETTRE.

On a ajouté 1 portrait de Bida sur PAPIER WHATMAN et la suite des figures de *Bida* en ÉPREUVES D'ARTISTE sur PAPIER BLEUTÉ.

431. MILLAUD (Alb.). La Comédie du Jour sous la République Athénienne, par Albert Millaud. Illustrations par Caran d'Ache. (*Paris, Plon, Nourrit et Cie*, 1886), gr. in-8, fig., demi-rel. dos et coins de mar. rouge, tête dor., *non rogné*, couv. (*Champs.*)

PREMIÈRE ÉDITION.
Un des 16 exemplaires numérotés sur PAPIER DU JAPON.

432. MISTRAL (Frédéric). Mireille, poème provençal, traduction française de l'auteur accompagnée du texte original avec 25 eaux-fortes dessinées et gravées par Eugène Burnand et 47 dessins du même artiste reproduits par le procédé Gillot. *Paris, Hachette et Cie*, 1884, in-4, portr. et fig., demi-rel. dos et coins de mar. vert olive, dos orné en mosaïque, tête dor., *non rogné*, couv. (*Champs.*)

Exemplaire imprimé sur PAPIER VÉLIN auquel on a ajouté la suite des eaux-fortes de *Burnand* sur PAPIER DU JAPON.
DESSIN ORIGINAL au crayon, par *Burnand*, sur le faux-titre.

433. MISTRAL (Fr.). Mireille, poème provençal par Frédéric Mistral. Traduction française de l'auteur accompagnée du texte original. *Paris, Hachette et Cie*, 1884, in-fol., vign., *en feuilles*, dans un carton.

Exemplaire numéroté imprimé sur PAPIER DU JAPON, ne contenant pas les illustrations hors texte de *Ed. Burnand*.
Les exemplaires sur Japon sont ornés d'encadrements en couleur par *Pallandre*.

434. MOINAUX (Jules). Les Gaietés Bourgeoises. Illustrations de Steinlen. *Paris, Marpon et Flammarion s. d.* (1888), in-18, fig., cart. en cuir japonais, *non rogné*, couv.

ÉDITION ORIGINALE.
Un des 25 exemplaires numérotés imprimés sur PAPIER DU JAPON.
Deux croquis au crayon de *Steinlen* sur la même feuille, ajoutés.

435. MOLIÈRE (J. B. P. de). Suite complète de un portrait et 165 vignettes en-têtes gravés par Frédéric Hillemacher d'après F. Barrias, H. Castelli, F. Philippoteaux,

C. Chazal, E. Hillemacher, J. Sorieul, etc., pour les Œuvres de Molière. *Lyon, Scheuring*, 1864-1870, in-8 carré, demi-rel. dos et coins de mar. grenat, dos orné, *non rogné*. (*Carayon.*)

ÉPREUVES D'ARTISTE à toutes marges sur PAPIER DE HOLLANDE avec signatures des artistes à la pointe.

436. MOLIÈRE (J. B. P. de). Illustrations pour le Théâtre de Molière dessinées et gravées à l'eau-forte par Edmond Hédouin. *Paris, D. Morgand*, 1888, in-4, demi-rel. dos et coins de mar. rouge, *non rogné*. (*Champs.*)

Titre gravé, portrait et 34 compositions. Épreuves en double état : EAU-FORTE PURE et ÉPREUVES AVANT LA LETTRE et l'encadrement, tirées sur papier du MARAIS et signées par l'artiste.

437. MONNIER (Edouard). Histoires débraillées par l'Auteur de Pommes d'Eve. Illustrées par de joyeux artistes (Willette, Daly, Roy, Destez, etc.). *Paris, Ed. Monnier*, 1884, in , fig. en sanguine, demi-rel. dos et coins de mar. vert, dos orné en mosaïque, tête dor., *non rogné*, couv. (*Champs.*)

Un des 30 exemplaires numérotés sur PAPIER DU JAPON.

438. MONNIER (Henry). Scènes Populaires dessinées à la plume par Henry Monnier. Nouvelle édition. *Paris, E. Dentu*, 1879, 2 vol. in-8, fig., demi-rel. dos et coins de mar. rouge, *non rognés*, couv. (*Champs.*)

Exemplaire imprimé sur PAPIER VERGÉ.

439. MONTORGUEIL (Georges). Paris au Hasard. Illustrations composées et gravées sur bois par Auguste Lepère. *Paris, imprimé pour Henri Beraldi*, 1895, in-8, front. et fig., demi-rel. dos et coins de veau, tête dor., *non rogné*, couv. (*Carayon.*)

Édition tirée à 138 exemplaires numérotés sur PAPIER VÉLIN DU MARAIS.

Aquarelle originale sur le dos de la reliure.

440. MONTORGUEIL (G.). La Parisienne peinte par elle-même. Vingt et une pointes sèches tirées hors texte et

quarante et une compositions par Henry Somm. *Paris, L. Conquet*, 1897, in-8, front. et fig., demi-rel. dos et coins de veau bleu, tête dor., *non rogné*, couv., emboitage. (*Carayon.*)

Édition tirée à 150 exemplaires numérotés sur PAPIER DE HOLLANDE.

Exemplaire (n° 1), renfermant un double état des eaux-fortes dont un avec REMARQUE et le TIRAGE A PART hors texte sur CHINE des vignettes tirées dans le texte.

DESSIN ORIGINAL de *H. Somm*, aux crayons de couleurs, sur le faux-titre.

441. MONTORGUEIL (G.). La Vie des Boulevards. Madeleine-Bastille. Texte par G. Montorgueil. 200 dessins en couleurs par Pierre Vidal. *Paris, May et Motteroz*, 1896, gr. in-8, fig. coloriées, demi-rel. dos et coins de veau gris, tête dor., *non rogné*, couv.

Un des 100 exemplaires numérotés imprimés sur PAPIER DU JAPON.

AQUARELLE de *P. Vidal* sur le faux-titre et dessin du même artiste sur le dos du cartonnage.

Divers états de la couverture ajoutés.

442. MONUMENT DU COSTUME. Estampes de Freudeberg et de Moreau le jeune pour le Monument du Costume, gravées par Dubouchet. *Paris, L. Conquet*, 1881-1883, pet. in-8 tiré in-fol., cart. de l'éditeur.

Collection de 2 titres gravés, 2 portraits, 3 feuillets de table et 36 estampes.

Épreuves sur CHINE appliqué avec le nom du graveur à la pointe, tirées in folio.

Sans le texte gravé.

443. MORIN (Louis). Les Amours de Gilles. 178 dessins de l'auteur. *Paris, E. Kolb, s. d.* (1890), in-8, fig., demi-rel. dos et coins de mar. bleu, *non rogné*, couv. (*Champs.*)

Exemplaire imprimé sur PAPIER DU JAPON.

AQUARELLE ORIGINALE de *L. Morin* sur le faux-titre.

444. MORIN (L.). Le Cabaret du Puits-sans-Vin. Dessins de l'auteur. *Paris, Ch. Delagrave, s. d.* (1891), in-8 carré, front. et fig., demi-rel. dos et coins de mar. bleu, dos orné en mosaïque, *non rogné*, couv. (*Carayon.*)

Exemplaire de l'artiste *L. Morin*, avec une lettre autographe de sa main indiquant ce que le volume renferme : quelques AQUARELLES

ORIGINALES, titres des livres et têtes de chapitres aquarellés, affiche et croquis, et *fumés* des dessins sauf 6 qui sont remplacés par les premiers croquis.

445. MORIN (L.). Jeannik. 87 dessins de l'auteur. *Paris, Librairie illustrée,* 1885, in-8, fig., demi-rel. dos et coins de mar. citron, *non rogné,* couv. (*Champs.*)

AQUARELLE ORIGINALE de *Louis Morin* sur le faux-titre.

446. MORIN (L.). Vieille Idylle. Douze Pointes sèches et Vingt Ornements typographiques par l'auteur. *Paris, L. Conquet,* 1891, in-16, fig., mar. bleu jans., *non rogné,* couv. (*Champs.*)

Un des 100 exemplaires numérotés sur PAPIER DU JAPON, avec les figures en 2 états, dont l'EAU-FORTE PURE.

AQUARELLE ORIGINALE de *L. Morin* sur le faux-titre.

447. MORIN (L.). Album des figures de Somm, pour les Cousettes de Louis Morin. *Paris,* 1895, in-4, demi-rel. dos et coins de mar. rouge, *non rogné.* (*Carayon.*)

Contient le frontispice et les 20 figures en-têtes et en culs-de-lampe en ÉPREUVES D'ARTISTE, dans les différents états, avec les remarques, tirées sur PAPIER VERGÉ et sur PAPIER DU JAPON.

Ensemble 77 pièces.

448. MOUTON (Eugène). Histoire de l'Invalide à la Tête de Bois. Le Squelette homogène. — Le Bœuf. — Le Coq du Clocher. Illustration de G. Clairin. *Paris, Lud. Baschet, s. d.* (1887), in-4, portr. et fig. en noir et en couleur, demi-rel. dos et coins de mar. bleu, dos orné, tête dor., *non rogné,* couv. (*Champs.*)

Un des 30 exemplaires numérotés et imprimés sur PAPIER DU JAPON.

DESSIN ORIGINAL de *G. Clairin* sur le faux-titre.

449. MULLER (Eugène). La Forêt. Son Histoire — Sa Légende — Sa Vie — Son Rôle — Ses Habitants. Illustrations de Andrieux, Bodmer, Corot, Diaz, Jules Dupré, Giacomelli, Th. Rousseau, etc. Gravure de F. Méaulle. Carte de la Forêt française tirée en couleur. *Paris, P. Ducrocq,* 1878, gr. in-8, fig., demi-rel. dos et coins de mar. rouge, dos orné, tête dor., *non rogné.*

ÉDITION ORIGINALE.

Un des rares exemplaires imprimés sur PAPIER DE CHINE.

450. MURGER (Henry). La Vie de Bohême. (— Le Pays latin et le Souper des Funérailles) de Henry Murger. Illustrée par And. Gill (et Régamey). *Paris, Librairie illustrée, s. d.* (1877), gr. in-8, texte encadré par Grasset et fig. coloriées, demi-rel. dos et coins de mar. grenat, dos orné en mosaïque, tête dor., *non rogné,* couv. (*Champs.*)

Édition illustrée de 69 figures coloriées. Autographe et portrait de l'auteur ajoutés.

451. MUSSET (Alfred de). Histoire d'un Merle blanc. Compositions originales de H. Giacomelli gravées au burin et à l'eau-forte par L. Boisson. *Paris, L. Carteret et Cie,* 1904, in-8, fig., cart. en demi-vélin blanc avec coins, *non rogné,* couv. (*Carayon.*)

Édition tirée à 200 exemplaires sur Papier vélin du Marais.
Le dos du cartonnage est orné d'aquarelles originales.

452. NÉEL (B.). Voyage de Paris à S. Cloud par mer et par terre par L. Balthazar Néel (de Rouen) suivi du retour par Augustin-Martin Lottin. Avec introduction et douze eaux-fortes par Jules Adeline. *Rouen, E. Augé,* 1878, in-4, front. et fig., demi-rel. dos et coins de mar. rouge, dos orné, tête dor., *non rogné,* couv. (*Champs.*)

Un des 45 premiers exemplaires numérotés tirés sur Grand Papier, avec deux états des planches dont un sur Chine appliqué et la série complète des planches oblitérées.

453. NOËL (Édouard). Une Mélodie de Schubert. Dessins de Georges Cain gravés par Deville. *Paris, L. Conquet,* 1888, in-12, fig., mar. vert à grains longs jans., *non rogné,* couv. (*Champs.*)

Un des 25 exemplaires numérotés imprimés sur Papier du Japon, avec les vignettes en trois états dont l'eau-forte pure.

454. OHNET (Georges). L'Ame de Pierre. Illustrations de E. Bayard. *Paris, P. Ollendorff,* 1890, in-18, fig., demi-rel. dos et coins de chagrin grenat, *non rogné,* couv. (*Carayon.*)

Édition originale.
Un des 10 exemplaires numérotés imprimés sur Papier du Japon.

455. OISEAUX-CHANTEURS (les) des Bois et des Plaines. Imité de l'allemand (par le baron Ernouf). Introduction par Champfleury. Orné de vignettes. *Paris, J. Rothschild,* 1870, in-8, fig., demi-rel. dos et coins de mar. rouge, dos orné, *non rogné*, couv. (*Carayon.*)

Un des rares exemplaires imprimés sur PAPIER DE CHINE.

456. OSE-TROP-GOTH (L. Hoche). Toquémalade. Parodie méli-mélo-drame-a-ties médicinaux. *Paris,* (*typ. G. Chamerot,* 1882), in-8, fig., cart., *non rogné*, couv. (*Champs.*)

Exemplaire imprimé sur PAPIER DU JAPON, avec le tirages à part hors texte, des illustrations de *Draner.*

457. OVIDE. Les Amours. Traduction du Cte de Séguier. Gravures de Méaulle. Dessins de Meyer. *Paris, A. Quantin,* 1879, pet. in-12, fig., cart. en soie, *non rogné*, couv.

Exemplaire imprimé sur PAPIER DE CHINE.

458. PAILLERON (Édouard). La Poupée. *Paris, Calmann Lévy,* 1890, in-4, fig., cart., fers spéciaux, *non rogné.* (*Carayon.*)

Illustrations de *Adrien Marie.*
Un des 30 exemplaires imprimés sur PAPIER DE CHINE.

459. PARIS qui crie. Petits Métiers. Notices par A. Arnal, J. Claretie, A. Giraudeau, H. Houssaye, H. Meilhac, V. Mercier, E. Paillet, etc. Préface par Henri Beraldi. Dessins de Pierre Vidal. *Paris, imprimé pour les Amis des Livres,* 1890, in-8 carré, fig., demi-rel. dos et coins de veau rouge, *non rogné*, couv. (*Carayon.*)

Édition tirée à 120 exemplaires numérotés.
Dessin à la plume par *Robaudi* sur le dos de la reliure.

460. PATHELIN. La Farce de Maitre Pathelin. Comédie du Moyen-Age arrangée en vers modernes par Georges Gassies des Brulies. Avec seize compositions en taille-douce, hors texte par Boutet de Monvel. *Paris, Ch.*

Delagrave, s. d., gr. in-8, fig., cart., demi-vélin blanc, *non rogné,* couv. (*Champs.*)

Exemplaire imprimé sur PAPIER DU JAPON.

461. PEZAY (Mis de). Zélis au Bain. Poëme en quatre chants. Édition ornée de figures par Eisen. *Paris, J. Lemonnyer,* 1883, in-8, fig., demi-rel. dos et coins de mar. vert, dos orné, tête dor., *non rogné,* couv. (*Bretault.*)

Un des 200 exemplaires numérotés sur PAPIER DU JAPON, avec les figures en couleur.

462. PILLE (H.). Alphabet gravé par A. Prunaire d'après H. Pille. *S. l. n. d.,* in-4, fig., cart., *non rogné.*

Titre et 24 planches de chiffres ornés, en double état noir et sanguine, sur PAPIER DE CHINE.

463. PIROUETTE (Coquelin cadet). Le Livre des Convalescents. Dessins de Henri Pille. *Paris, Tresse,* 1880, in-18, fig., demi-rel. dos et coins de mar. citron, dos orné en mosaïque, tête dor., *non rogné,* couv.

ÉDITION ORIGINALE.

Exemplaire imprimé sur PAPIER DE CHINE, avec un envoi autographe de l'auteur.

464. PIROUETTE. Fariboles. Dessins de Henri Pille. *Paris, P. Ollendorff,* 1882, in-8 carré, fig., demi-rel. dos et coins de mar. brun, *non rogné,* couv. (*Champs.*)

Un des 15 exemplaires numérotés, imprimés sur PAPIER DE CHINE.

465. PONTSEVREZ. Les Deux Existences de Khalil. Conte illustré de sept compositions originales de Louis-Edouard Fournier, gravées à l'eau-forte par Charles Deblois. *Paris, May et Motteroz,* 1895, in-12, fig., demi-rel. dos et coins de mar. orange, dos orné, tête dor., *non rogné,* couv. (*Champs.*)

Un des 25 exemplaires numérotés imprimés sur PAPIER DU JAPON. Figures en trois états dont l'EAU-FORTE PURE.

466. PRÉVOST (Abbé). Manon Lescaut. Dix illustrations de Louis Morin gravées sur bois par Leveillé. *Paris*, 1894, in-4, demi-rel. dos et coins de mar. bleu, *non rogné*. (*Carayon.*)

Illustrations destinées à une édition populaire. Huit grandes figures et 2 encadrements de pages, épreuves en double état : avec la lettre et *fumés* sur PAPIER DU JAPON mince.

467. QUATRELLES (Lépine). Le Chevalier Beau-Temps. Préface d'Alexandre Dumas fils. Vignettes de Gustave Doré. *Paris, typ. de A. Pougin*, 1870, in-8 carré, fig., demi-rel. dos et coins de mar. rouge, *non rogné*. (*Champs.*)

PREMIER TIRAGE.
Un des 30 exemplaires numérotés, imprimés sur PAPIER DE CHINE.

468. QUATRELLES. Colin Tampon. Illustrations d'après les aquarelles et les dessins d'Eugène Courboin. *Paris, Hachette et Cie*, 1885, in-4, fig. coloriées, cart. toile, fers spéciaux, *non rogné*.

PAPIER DU JAPON.

469. QUATRELLES. A Coups de Fusil. Ouvrage illustré de trente dessins originaux hors texte par A. de Neuville. *Paris, G. Charpentier*, 1877, pet. in-4, fig., demi-rel. dos et coins de mar. rouge, dos orné, tête dor., *non rogné*, couv. (*Champs.*)

PREMIÈRE ÉDITION ILLUSTRÉE.
Avec les 2 planches supprimées.

470. QUATRELLES. La Dame de Gai-Fredon. Illustrations d'après les Aquarelles et les Dessins d'Eugène Courboin. *Paris, Hachette et Cie*, 1884, in-4, fig. en noir et en couleur, cart., *non rogné*, couv. (*Carayon.*)

PREMIÈRE ÉDITION ILLUSTRÉE.
Un des 25 exemplaires numérotés, imprimés sur PAPIER DU JAPON.

471. QUATRELLES. Légende de la Vierge de Munster. Illustrations par Eugène Courboin. (*Paris*), *G. Charpen-*

tier, s. d. (1880), in-4, fig., demi-rel. dos et coins de mar. vert, *non rogné,* couv.

Première édition illustrée.

Un des 10 exemplaires numérotés imprimés sur Papier de Chine avec quelques planches hors texte en double état, dont un sur Papier de Hollande.

472. QUATRELLES et Eug. COURBOIN. La Diligence de Ploërmel. *Paris, Hachette et Cie, s. d.* (1883), in-4, fig. de E. Courboin, cart. toile, fers spéciaux, *non rogné,* couv. (*Carayon.*)

Un des 10 exemplaires numérotés imprimés sur Papier du Japon, avec les gravures hors texte en deux états, en noir et en couleur.

473. QUEVEDO (Francisco de). Histoire de Pablo de Ségovie (el Grand Tacaño). Traduite de l'espagnol et annotée par A. Germond de Lavigne. Illustrée de nombreux dessins par D. Vierge. *Paris, Léon Bonhoure,* 1882, in-8, portr. et fig., demi-rel. dos et coins de chagrin rouge, *non rogné,* couv. (*Champs.*)

Premier tirage.

Un des 15 exemplaires numérotés imprimés sur Papier du Japon.

474. RABELAIS (François). Eaux-fortes dessinées et gravées par Bracquemond pour les Œuvres de Rabelais. *Paris, A. Lemerre,* 1872, in-8, fig., demi-rel. dos et coins de mar. brun, *non rogné,* couv. (*Carayon.*)

Un portrait et 15 figures en double état, avec la lettre sur Hollande et avant la lettre sur Japon.

Envoi autographe de l'artiste.

475. RABELAIS (Fr.). Un portrait et dix figures dessinés et gravés à l'eau-forte par Boilvin pour les œuvres de Rabelais. *Paris, Jouaust,* 1876, in-4, demi-rel. dos et coins mar. citron, *non rogné.* (*Carayon.*)

Épreuves en triple état : non terminé sur Hollande, avant toutes lettres sur Hollande et avant la lettre sur Chine. Les épreuves des 2 premiers états portent la signature du graveur.

Manque une pièce dans la suite d'état non terminé.

476. RAMBAUD (Yveling). Force psychique (avec Préface par Victorien Sardou). *Paris, Lud. Baschet,* 1889, in-4,

fig., demi-rel. dos et coins de mar. grenat, dos orné, tête dor., *non rogné*, couv. (*Champs.*)

Illustrations de *Albert Besnard* gravées sur bois par *Florian*.

Exemplaire imprimé sur PAPIER DU JAPON, avec une deuxième suite tirée sur PAPIER PELURE DU JAPON, signée au crayon par le graveur.

477. RAMEAU (Jean). Poèmes Fantasques par Jean Rameau. Illustrations de Ary Gambard. *Paris, E. Monnier et Cie*, 1883, gr. in-8, fig., demi-rel. dos et coins de mar. brun tête de nègre, *non rogné*, couv. (*Champs.*)

Exemplaire imprimé sur PAPIER DU JAPON.

478. REIBER (Émile). Les Propos de Table de la Vieille Alsace illustrés tout au long de Dessins originaux des anciens Maîtres alsaciens. Œuvre de Réconfort ajustée à l'heure présente. Traduite, annotée et enrichie de Compositions nouvelles par Émile Reiber, Alsacien. *Paris, Launette, impr. par R. Engelmann*, 1886, in-4, réglé, fig., cart. vélin blanc, *non rogné*, couv.

Un des 100 exemplaires numérotés imprimés sur PAPIER DU JAPON.
Illustrations et ornements de texte, en bistre, en sanguine et en noir.

479. REVUE de l'Exposition universelle de 1889. *Paris, Motteroz et Baschet*, 1889, 2 vol. in-4, fig., demi-rel. mar. rouge, dos orné, *non rogné*, couv. (*Carayon.*)

Nombreuses illustrations en noir et en couleur, parmi lesquelles nous signalerons quelques très beaux bois par *A. Lepère, Raffaelli, Jeanniot, Renouard*, etc.

480. ROBIDA (Albert). Le XIXe Siècle. Texte et Dessins par A. Robida. *Paris, G. Decaux*, 1888, gr. in-8, fig. en noir et en couleur, cart., *non rogné*, couv.

ÉDITION ORIGINALE.
Un des rares exemplaires imprimés sur PAPIER DU JAPON.
AQUARELLE ORIGINALE de *Robida* sur le faux-titre.

481. ROBIDA (A.). La Grande Mascarade Parisienne par A. Robida. *Paris, Librairie illustrée, s. d.* (1881), gr. in-8, fig. en noir et coloriées, cart., *non rogné*, couv.

ÉDITION ORIGINALE ILLUSTRÉE.
Un des 100 exemplaires numérotés imprimés sur PAPIER VÉLIN.

482. ROBIDA (A.). Mesdames Nos aïeules. Dix siècles d'élégances. Texte et dessins par A. Robida. *Paris, Librairie illustrée, s. d.* (1891), in-18, fig. en noir et en couleur, demi-rel. dos et coins de mar. citron, *non rogné,* couv. (*Champs.*)

Édition originale.

Un des 50 exemplaires numérotés imprimés sur Grand Papier vélin.

483. ROBIDA (A.). La Vieille France. Texte, Dessins et Lithographies par A. Robida. Bretagne. *Paris, Librairie illustrée, s. d.* (1890), in-4, fig., demi-rel. dos et coins de chagrin brun, dos orné, tête dor., *non rogné,* couv. (*Champs.*)

Première édition.

Un des 60 exemplaires numérotés imprimés sur Grand Papier vélin teinté, avec les lithographies hors texte en double état, sur Papier de Chine et avant la lettre.

Aquarelle originale de *Robida* (vue de Tréguier) sur le faux-titre.

484. ROBIDA (A.). La Vieille France. Texte, dessins et Lithographies par A. Robida. Normandie. *Paris, Librairie illustrée, s. d.* (1890), in-4, fig., demi-rel., dos et coins de chagrin vert, dos orné, tête dor., *non rogné,* couv. (*Champs.*)

Première édition.

Un des 100 exemplaires numérotés imprimés sur Grand Papier vélin teinté, avec les lithographies hors texte en double état, sur Papier de Chine et avant la lettre.

Dessin original à l'encre de Chine de *Robida* sur le faux-titre.

485. ROBIDA (A.). Les Vieilles Villes d'Espagne. Notes et Souvenirs. Ouvrage illustré de 125 dessins à la plume par A. Robida reproduits en fac-simile. *Paris, M. Dreyfous,* 1880, in-8, front. et fig., demi-rel. dos et coins de chagrin brun, dos orné, tête dor., *non rogné,* couv. (*Champs.*)

Première édition.

486. ROBIDA (A.). Les Vieilles Villes d'Italie. Notes et Souvenirs. Ouvrage illustré de 102 dessins à la plume par

A. Robida reproduits en fac-similé. *Paris, M. Dreyfous,* 1878, in-8, front. et fig., demi-rel. dos et coins de chagrin brun, dos orné, tête dor., *non rogné,* couv. (*Champs.*)

ÉDITION ORIGINALE.

487. ROBIDA (A.). Le Vingtième siècle. Texte et Dessins par A. Robida. *Paris, G. Decaux,* 1883, gr. in-8, fig. en noir et en couleurs, cart. original, *non rogné,* couv. (*Cart. de l'éditeur.*)

ÉDITION ORIGINALE.

Un des 50 exemplaires numérotés, imprimés sur PAPIER DU JAPON. Quelques illustrations hors texte sont en double état.

AQUARELLE ORIGINALE de *Robida* sur le faux-titre.

488. ROBIDA (A.). Voyage de fiançailles au XXe siècle. Texte et dessins par A. Robida. *Paris, L. Conquet,* 1892, in-16, figures, cart. en vélin, *non rogné,* couv., étui. (*Carayon.*)

Tirage à 200 exemplaires sur CHINE, non mis dans le commerce.

AQUARELLE ORIGINALE de *Robida* ajoutée.

Cartonnage illustré de 3 aquarelles originales de *Robida* dont une importante sur le premier plat.

489. ROBIDA (A.). Le Voyage de M. Dumollet. Texte et Dessins par A. Robida. *Paris, G. Decaux, s. d.* (1883), gr. in-8, front. et fig. en noir et en couleur, cart. toile, *non rogné,* couv. (*Cart. de l'éditeur.*)

ÉDITION ORIGINALE.

Exemplaire imprimé sur PAPIER DU JAPON. Grand DESSIN ORIGINAL de *Robida* à la plume et à l'aquarelle, sur le faux-titre.

490. ROCHAS (Albert de). Le Livre de Demain. *S. l.* (*Blois, impr. Raoul Marchand*), 1884, in-8, fig., demi-rel. dos et coins de mar. La Vallière, dos orné, tête dor., *non rogné.* (*Champs.*)

Livre singulier tiré à 250 exemplaires numérotés.

Impressions différentes sur papier de diverses couleurs, avec encadrements variés.

491. ROCHEFORT (Henri). Fantasia. Dessins de Caran d'Ache. *Paris, Librairie moderne* (*Quantin*), 1888, in-8,

fig., demi-rel. dos et coins de mar. citron, *non rogné*, couv. (*Champs.*)

Première édition.

Un des 20 exemplaires numérotés imprimés sur Papier du Japon. Signature autographe de l'auteur et dessin original à la plume de *Caran d'Ache*, sur le faux-titre.

492. ROUSSELET (L.). L'Inde des Rajahs. Voyage dans l'Inde centrale et dans les présidences de Bombay et du Bengale par Louis Rousselet. Ouvrage contenant 317 gravures sur bois dessinées par nos plus célèbres artistes (Allongé, de Bar, E. Bayard, A. Marie, A. de Neuville, etc.). *Paris, Hachette et Cie*, 1875, in-4, fig. et cartes, cart. en soie, *non rogné*.

Premier tirage. Un des rares exemplaires imprimés sur Papier de Chine.

493. ROY (José). Couvertures illustrées par José Roy, pour des éditions de Dentu, Flammarion, Brossier, etc. *S. l. n. d.*, en un vol. in-4, demi-rel. dos et coins de mar. rouge. (*Carayon.*)

Collection de l'artiste *J. Roy*, comprenant 75 couvertures en noir ou en couleur plus 35 épreuves en divers états dont un dessin.

Ensemble 110 planches.

494. SAHIB (L. E. Lesage). Croquis maritimes par Sahib. *Paris, L. Vanier*, 1880, in-4, fig., cart., *non rogné*, couv. (*Carayon.*)

Édition originale.

Exemplaire numéroté imprimé sur Papier de Chine.

495. SAHIB. La Frégate l'Incomprise. Voyage autour du monde. *Paris, L. Vanier*, 1876, in-4, fig., demi-rel. dos et coins de mar. rouge, *non rogné*, couv. (*Champs.*)

Édition originale.

Un des 40 exemplaires numérotés imprimés sur Papier teinté, auquel on a ajouté la plupart des tirages a part des illustrations sur Chine.

496. SAHIB. La Marine. Croquis humoristiques. Marins et Navires anciens et modernes. Ouvrage illustré de

200 dessins dans le texte et de huit aquarelles hors texte par Sahib. *Paris, Jouvet et Cie*, 1890, in-4, fig., cart., *non rogné*, couv.

Edition originale.

Un des 45 exemplaires numérotés imprimés sur Papier du Japon.

497. SAINT-ALBIN (A. de). Les Courses de chevaux en France. Ouvrage contenant 19 gravures sur bois, 36 photogravures et 66 vignettes par Crafty. *Paris, Hachette et Cie*, 1890, pet. in-8, fig., demi-rel. dos et coins de chagrin rouge, *non rogné*, couv. (*Champs.*)

Édition originale.

Exemplaire numéroté imprimé sur Papier de Chine.

498. SAINT-JUIRS (René Delorme). Le Cabaret des Trois Vertus. Illustrations de Daniel Vierge gravées par Clément Bellenger. *Paris, L. Baschet, s. d.*, in-4, portr. et fig., demi-rel. dos et coins de mar. rouge, dos orné, *non rogné*, couv. (*Carayon.*)

Un des 50 exemplaires numérotés imprimés sur Papier de Chine.

On a joint les *fumés* sur Papier de Chine.

499. SAINT-JUIRS. La Seine à travers Paris. Illustré de 230 dessins et de 17 compositions en couleurs par G. Fraipont. *Paris, G. Boudet*, 1890, in-4, fig. en diverses teintes, demi-rel. dos et coins de mar. vert, dos orné en mosaïque, tête dor., *non rogné*, couv. (*David.*)

Exemplaire imprimé sur Japon, tiré pour l'éditeur G. Boudet.

Aquarelle originale de *G. Fraipont* sur le faux-titre, avec envoi à G. Boudet.

Essai de couverture, ajouté.

500. SAINT-PIERRE (Bernardin de). Paul et Virginie. Préface par J. Janin. Compositions d'Émile Lévy gravées à l'eau-forte par Flameng. Dessins de Giacomelli gravés sur bois par Rouget et Sargent. *Paris, Librairie des Bibliophiles* (*Jouaust*), 1875, in-12, vign., demi-rel. dos et coins de mar. bleu, dos orné, tête dor., *non rogné*, couv. (*Champs.*)

Exemplaire imprimé sur Papier de Chine, avec les tirages a part des en-têtes.

501. SAINT-PIERRE (B. de). Paul et Virginie, avec une introduction par A. Piedagnel. Orné de six figures hors texte et deux vignettes dessinées et gravées à l'eau-forte par Ad. Lalauze. *Paris, Liseux,* 1879, in-12, portr. et fig., demi-rel. dos et coins de mar. bleu, dos orné, *non rogné,* couv. (*Champs.*)

Texte avec encadrements de couleur.

Papier de Hollande, avec les 6 figures par *Lalauze* en 3 états différents dont 2 sur Chine et les tirages à part hors texte sur Chine des vignettes tirées dans le texte.

502. SAINT-PIERRE (B. de). Un portrait et six figures dessinés et gravés à l'eau-forte par Edm. Hédouin, pour Paul et Virginie. *Paris, A. Lemerre,* 1877, in-8 tiré in-4, demi-rel. dos et coins de mar. rouge, *non rogné.* (*Champs.*)

Épreuves en double état ; épreuves d'artiste et eaux-fortes pures avec monogramme, tirées sur Papier du Marais fabriqué spécialement pour l'artiste. Les eaux-fortes pures n'ont été tirées qu'à quelques exemplaires.

503. SALIS (Rodolphe). Contes du Chat Noir. L'Hiver. Préface de Ph. Gille. Prologue de A. Willette. — Le Printemps. Préface de Fr. Sarcey. *Paris* (1889)-1891, 2 vol. in-8, fig., cart., *non rognés,* couv. (*Carayon.*)

Premier tirage. Dessins de *Pille, Somm, Morin, Robida, Rœdel, Willette,* etc.

504. SAMARY (Jeanne). Les Gourmandises de Charlotte, par Jeanne Samary. Préface de M. Édouard Pailleron. Illustrations de Job (en couleurs). *Paris, Hachette et Cie,* 1890, in-4, fig., cart., *non rogné,* couv. (*Carayon.*)

Exemplaire unique imprimé sur Papier du Japon, pour M. Olombel.

505. SAND (George). Mauprat. Dix compositions par Le Blant gravées à l'eau-forte par H. Toussaint. *Paris, A. Quantin,* 1886, in-8, fig., demi-rel. dos et coins de mar. La Vallière, dos orné, tête dor., *non rogné,* couv. (*Champs.*)

On a ajouté la suite des illustrations en épreuves d'artiste.

506. SAND (G.). Dix-sept figures, en-têtes et culs-de-lampe, dessinées et gravées à l'eau-forte par Rudaux, pour la Mare au Diable. *Paris, Quantin,* 1889, in-4, demi-rel. dos et coins de mar. La Vallière, *non rogné.* (*Carayon.*)

Épreuves d'artiste en triple état ; EAU-FORTE PURE, épreuve avancée, épreuve terminée AVANT LA LETTRE, avec remarque. 7 pièces sont en 4 états et 1 en 5 états. Ensemble 60 gravures.

507. SANDEAU (Jules). Madeleine. Ouvrage couronné par l'Académie française. Dessins par Émile Bayard. *Paris, Hetzel et Cie, s. d.* (1881), in-8, front. et fig., demi-rel. dos et coins de mar. rouge, dos orné en mosaïque, tête dor., *non rogné,* couv. (*Champs.*)

PREMIÈRE ÉDITION ILLUSTRÉE.

508. SANDOZ. Collection des Portraits des Grands Ecrivains de la France, dessinés par Sandoz, d'après les anciens tableaux et gravés par Pannier, G. Lévy, Desvachez, Weber, etc. *Paris, Hachette et Cie,* in-fol., demi-rel. dos et coins de mar. rouge. (*Carayon.*)

Réunion de 23 portraits différents, quelques-uns en plusieurs épreuves (eaux-fortes, avant la lettre, avant l'encadrement, etc.).

Ensemble 42 pièces en ÉPREUVES D'ARTISTE ; non mis dans le commerce.

509. SARAH-BERNHARDT (Mme). Impressions d'une Chaise. Récit recueilli par Sarah-Bernhardt. Illustré par Georges Clairin. *Paris, G. Charpentier, s. d.* (1878), in-4, demi-rel. dos et coins de mar. gris, *non rogné,* couv. (*Champs.*)

Un des 15 exemplaires numérotés imprimés sur PAPIER DE CHINE.

510. SARCEY (Francisque). Comédiens et Comédiennes. La Comédie Française, — Théâtres divers. Notices par Fr. Sarcey. Portraits d'artistes gravés à l'eau-forte par L. Gaucherel et Ad. Lalauze. *Paris, Librairie des Bibliophiles* (*Jouaust*), 1876-1884, 2 vol. in-8, portr., demi-rel. dos et coins de chagrin rouge, dos orné, tête dor., *non rognés.* (*Champs.*)

511. SAULIÈRE (Auguste). Les Solutions conjugales. Dix Eaux-fortes par Henri Somm. *Paris, Librairie de l'Eau-Forte*, 1876, in-8, fig. et vign., demi-rel. dos et coins de mar. citron, tête dor., *non rogné*, couv. (*Champs.*)

Édition originale. Eaux-fortes hors texte sur Papier du Japon. Vignettes sur bois dans le texte.

512. SCIAMA (André) [Albert Sémiane]. Bagatelles. Trois eaux-fortes d'Avril. *Paris, L. Conquet*, 1884, in-12, fig., demi-rel. dos et coins de chagrin vert, *non rogné*, couv. (*Champs.*)

Édition originale tirée à 75 exemplaires.

Un des 65 exemplaires numérotés imprimés sur Papier vergé de Hollande. Illustrations en deux états.

513. SCIAMA (A.). Ohé! les Mœurs. Chansons satiriques mises en musique par Paul Hucks. Douze lithographies de Willette. *Paris, G. Ondet*, 1895, in-4, cart. dos et coins de toile rouge, *non rogné*, couv. (*Carayon.*)

Avec une suite des planches sur papier du Japon (tirage à 50 ex.), ajoutée.

514. SCIAMA (A.). Paris en Sonnets. Illustré de vingt-neuf compositions par Henriot. *Paris, L. Conquet*, 1897, in-8, fig., demi-rel. dos et coins de mar. rouge, dos orné en mosaïque, fil., tête dor., *non rogné*, couv. (*Champs.*)

Édition tirée à 300 exemplaires non mis dans le commerce.

515. SEIGNOBOS (Charles). Scènes et Épisodes de l'Histoire Nationale illustrés de 60 compositions inédites (gravées sur bois par Méaulle d'après A. Maignan, J. P. Laurens, Grasset, L. O. Merson, etc.). *Paris, A. Colin et Cie*, 1891, in-4, fig., demi-rel. dos et coins de mar. bleu, ornement mosaïqué sur le dos, *non rogné*, couv. (*Champs.*)

Un des 10 exemplaires numérotés imprimés sur Papier de Chine.

516. SILVESTRE (Armand). Le Conte de l'Archer par Armand Silvestre. Aquarelles de A. Poirson gravées par

Gillot. Impression chromotypographique par A. Lahure. *Paris. A. Lahure, Rouveyre et Blond,* 1883, in-8 carré, fig., demi-rel. dos et coins de mar. bleu, *non rogné,* couv. (*Carayon.*)

Exemplaire imprimé sur Papier de Chine, non mis dans le commerce.

517. SILVESTRE (A.). La Plante enchantée. Illustrée par A. Robida. *Paris, Librairie illustrée,* 1895, in-4, cart., *non rogné,* couv. (*Carayon.*)

Un des 50 exemplaires numérotés imprimés sur Papier du Japon.

518. SILVESTRE (Armand). Francis THOME. Jules CHÉRET. La Fée du Rocher. Ballet-Pantomime en deux actes et six tableaux. *Paris, L. Conquet,* 1894, in-fol., fig., demi-rel. dos et coins de mar. La Vallière, *non rogné,* couv. (*Carayon.*)

Exemplaire contenant les 8 croquis originaux coloriés de *J. Chéret* et la suite des lithographies coloriées hors texte.

519. SIMON (Jules). Mémoires des Autres. Illustrations de Noël Saunier gravées sur bois par Charpentié, Méaulle et Quesnel. — Nouveaux Mémoires des autres. Illustrations de Léandre gravées sur bois par Prunaire. *Paris, Em. Testard,* 1890-1891, 2 vol. in-18, fig., demi-rel. dos et coins de mar., *non rognés,* couv.

Éditions originales. Exemplaires numérotés imprimés sur Papier de Chine.

Reliures non uniformes.

520. SOIRÉES (les) DE MEDAN (par Em. Zola, G. de Maupassant, J. K. Huysmans, H. Céard, L. Hennique, P. Alexis). Avec les portraits des six auteurs. Eaux-fortes de F. Desmoulin et six compositions de Jeanniot gravées à l'eau-forte par L. Muller. *Paris, G. Charpentier et Cie,* 1890, in-8, portr. et fig., demi-rel. dos et coins de mar. vert, dos orné en mosaïque, tête dor., *non rogné,* couv. (*Champs.*)

Exemplaire imprimé sur Papier de Hollande, avec les illustrations et les portraits en deux états : avec la lettre et avant la lettre avec remarques.

On a ajouté une double suite des illustrations de *Jeanniot* : ÉPREUVES D'ARTISTE et EAUX-FORTES PURES avec REMARQUES, toutes deux sur PAPIER DE HOLLANDE, avec signature autographe du graveur sur chaque pièce.

521. SOMM (Henry). La Berline de l'Emigré ou Jamais trop tard pour bien faire. Comédie en un acte. *Paris, au Chat Noir*, 1885, in-18, fig., mar. grenat à grains longs jans., *non rogné*, couv. (*Champs.*)

Exemplaire imprimé sur PAPIER DU JAPON, orné de 18 AQUARELLES OU DESSINS ORIGINAUX de *H. Somm*, dont 3 importants couvrent la page entière.

522. SPIRE BLONDEL. Le Tabac. Le Livre des Fumeurs et des Priseurs par Spire Blondel. Préface du baron Oscar de Watteville, 113 illustrations de G. Fraipont dont 16 hors texte en couleurs. *Paris, H. Laurens*, 1891, gr. in-8, fig., demi-rel. dos et coins de mar. La Vallière clair, *non rogné*, couv. (*Champs.*)

Un des 15 exemplaires numérotés imprimés sur PAPIER DE CHINE.

Illustrations hors texte en double état, en noir sur PAPIER DE CHINE et colorié sur PAPIER DU JAPON.

AQUARELLE ORIGINALE de *G. Fraipont* servant de frontispice.

523. STA (H. de) [Henry de Saint-Alary]. La Chanson du Colonel, par A. Millaud et Hennequin. — Nos militaires, — Une journée de garnison, par H. de Sta. — L'Autruche, par Yveling Rambaud. — Un Tour au Bois, — La Vie à cheval, par L. Vanier. — Le petit Faust, chœur des soldats, paroles de Crémieux et Jaime. Illustrations de H. de Sta. *Paris, L. Vanier* (1882-1885), 7 plaquettes in-8, fig., demi-rel. chagrin La Vallière, *non rognées*, couv.

Exemplaires tirés sur PAPIER DE CHINE.

524. STAAL (Madame de). Un portrait et 40 eaux-fortes de Lalauze, dont 8 grandes figures et 32 en-têtes et culs-de-lampe, pour illustrer les Mémoires de Madame de Staal. *Paris, Jouaust*, 1890, in-4, demi-rel. dos et coins de mar. rouge, *non rogné*. (*Carayon.*)

Épreuves en double état AVANT LA LETTRE (les grandes planches avec marque) et EAUX-FORTES PURES (tirées à 15 ex.), sur PAPIER DU JAPON, à grandes marges.

Une eau-forte inédite d'un en-tête ajoutée.

525. STAAL (Madame de). Deux portraits et trente compositions en-têtes et culs-de-lampe, dessinées par C. Delort, gravées par Boisson pour les Mémoires de Madame de Staal. *Paris, L. Conquet,* 1891, in-4, demi-rel. dos et coins de mar. bleu, dos orné, *non rogné.* (*Champs.*)

Album comprenant toutes les figures en 5, 6 ou 7 états depuis l'EAU-FORTE PURE, jusque l'état terminé. Ces épreuves sont tirées sur PAPIER DU MARAIS ; le dernier état étant sur CHINE monté sur HOLLANDE.

Ensemble 160 pièces.

526. STENDHAL (Henri Beyle). Illustrations de Valentin Foulquier, pour la Chartreuse de Parme de Stendhal. *Paris, L. Conquet,* 1883, gr. in-4, demi-rel. dos et coins de mar. brun foncé, *non rogné.* (*Champs.*)

Un frontispice et 31 eaux-fortes. Album de graveur contenant ces pièces en différents états depuis l'eau-forte jusqu'à l'épreuve terminée, et les pièces refusées.

Ensemble 107 gravures.

527. STENDHAL. Illustrations de H. Dubouchet pour le Rouge et le Noir de Stendhal. *Paris, L. Conquet,* 1884, 2 vol. gr. in-4, demi-rel. dos et coins mar. brun foncé, *non rognés.* (*Champs.*)

Épreuves d'états des 80 vignettes en-têtes dessinées et gravées par *Dubouchet,* pièces inédites et modifiées. Ensemble 204 pièces.

On y joint la suite des 30 compositions inédites de *Noël Saunier,* gravées par *Vion,* premier essai d'illustration de ce livre également en épreuves dans les différents états, 70 pièces. Ensemble 274 gravures.

528. STERNE (L.). Un portrait et cinq figures dessinés et gravés par Edmond Hédouin pour le Voyage sentimental de Sterne. *Paris, Jouaust,* 1875, in-4, demi-rel. dos et coins de mar. bleu, *non rogné.* (*Carayon.*)

Épreuves d'artiste en 4, 5 et 6 états plus ou moins avancés tirés sur PAPIER DE HOLLANDE. Quatre pièces sont à l'EAU-FORTE PURE, et deux portent des retouches de l'artiste au crayon.

On a ajouté, une eau-forte inédite d'*Hédouin,* représentant en grand un des personnages d'une eau-forte en 3 états. Ensemble 32 pièces.

529. SWIFT (J.). Un portrait et huit figures dessinés et gravés à l'eau-forte par Ad. Lalauze, pour les Voyages de Gulliver. *Paris, Jouaust,* 1875, in-8 tiré in-4, demi-rel. dos et coins de mar. vert, *non rogné.* (*Carayon.*)

Épreuves d'états et d'artiste, sur différents papiers, depuis l'EAU-FORTE jusqu'à l'épreuve terminée. Ensemble 48 pièces portant, presque toutes, la signature autographe du graveur.

Il n'y a pas l'EAU-FORTE du portrait.

530. THÉATRE des Ombres Parisiennes. *Paris, L. Vanier,* 1893, in-12, fig., demi-rel. dos et coins de mar. rouge, *non rogné,* couv. (*Carayon.*)

Exemplaire sur PAPIER DU JAPON.

AQUARELLES ORIGINALES de *H. Somm* sur le faux-titre et au dernier feuillet.

531. THÉOCRITE. Idylles de Théocrite. Traduction nouvelle par Jules Girard. Compositions d'Emile Lévy gravées à l'eau-forte par Champollion. Dessins de Giacomelli gravés sur bois par Berveiller. *Paris, Librairie des Bibliophiles* (*Jouaust*), 1888, in-12, vign., demi-rel. dos et coins de mar. orange, dos orné, tête dor., *non rogné,* couv. (*Champs.*)

Un des 50 exemplaires numérotés imprimés sur PAPIER DE CHINE.

532. THEURIET (André). Bigarreau. Six compositions de M. le comte de l'Aigle gravées à l'eau-forte par H. Toussaint. *Paris,* 1885, pet. in-8, fig., demi-rel. dos et coins de mar. bleu, *non rogné,* couv. (*Champs.*)

Édition non mise dans le commerce. Un des rares exemplaires imprimés sur PAPIER DU JAPON avec trois états des illustrations dont l'EAU-FORTE PURE.

AQUARELLE ORIGINALE du comte *R. de l'Aigle* placée en frontispice.

533. THEURIET (A.). Le Secret de Gertrude, illustré de soixante-quinze compositions par Emile Adan, eaux-fortes gravées par A. Boulard. *Paris, G. Boudet,* 1890, gr. in-8, fig., demi-rel. dos et coins de mar. vert, dos orné en mosaïque, tête dor., *non rogné,* couv. (*Champs.*)

Exemplaire imprimé sur PAPIER DE CHINE pour l'éditeur G. Boudet, contenant la suite hors texte des FUMÉS SUR CHINE et les eaux-fortes en trois états sur JAPON dont l'EAU-FORTE PURE.

534. THIERRY (Augustin). Premier [-septième] récit des Temps mérovingiens. Avec six (42) dessins de J.-P. Laurens, reproduits par les procédés de M. Goupil et Cie. *Paris, Hachette et Cie*, 1881-1887, 7 fascicules en un vol. in-fol., pl., demi-rel. dos et coins de mar. brun tête de nègre, tête dor., *non rogné*. (*Champs.*)

Orné de 42 planches en héliogravure.
Un des 30 exemplaires numérotés tirés sur PAPIER DU JAPON.

535. TINSEAU (Léon de). Ma Cousine Pot-au-feu. Quarante-six compositions de Paul Destez. *Paris, Calmann Lévy*, 1893, gr. in-8, fig., demi-rel. dos et coins de mar. brun, dos orné, *non rogné*, couv. (*Carayon.*)

PREMIÈRE ÉDITION ILLUSTRÉE.
Exemplaire imprimé sur PAPIER DE CHINE avec la suite hors texte des FUMÉS.

536. TOUDOUZE (Gustave). La Vengeance des Peaux-de-Bique par Gustave Toudouze. Illustrations de J. Le Blant. *Paris, Hachette et Cie*, 1896, gr. in-8, fig., demi-rel. dos et coins de mar. bleu, dos orné, tête dor., *non rogné*, couv. (*Champs.*)

Un des 100 exemplaires de luxe numérotés sur PAPIER DE CHINE, tirés pour la librairie L. Conquet. On a ajouté la suite des TIRAGES A PART et des AVANT LA LETTRE sur PAPIER DE CHINE.

537. TRIPES (les) par deux Normands (Gustave Le Vavasseur et Edmond Morin). *En Normandie chez tous les libraires*, 1873, in-8, front. de Edm. Morin, demi-rel. dos et coins de mar. La Vallière, *non rogné*, couv. (*Carayon.*)

Exemplaire imprimé sur PAPIER DE CHINE.

538. UZANNE (Octave). L'Éventail. — L'Ombrelle. — Le Gant. — Le Manchon, par Octave Uzanne. Illustrations de Paul Avril. *Paris, A. Quantin*, 1882-1883, 2 vol. in-8, fig. et vign. en noir et en couleur, demi-rel. dos et coins de mar. grenat, *non rognés*, couv.

ÉDITIONS ORIGINALES. Emboîtages en satin conservés.

539. UZANNE (Oct.). La Femme à Paris. Nos Contemporaines. Notes successives sur les Parisiennes de ce temps dans leurs divers milieux, états et conditions, par Octave Uzanne. Illustrations de Pierre Vidal. *Paris, Librairies-Imprimeries réunies,* 1894, gr. in-8, front. et fig., demi-rel. dos et coins de mar. rouge, dos orné en mosaïque, *non rogné,* couv. (*Carayon.*)

Exemplaire renfermant 5 AQUARELLES ORIGINALES de *P. Vidal.* Couverture et emboîtage en soie conservés.

540. UZANNE (Oct.). La Française du Siècle. Modes, mœurs, usages. Illustrations à l'aquarelle de Albert Lynch gravées à l'eau-forte en couleurs par Eugène Gaujean. *Paris, Quantin,* 1886, gr. in-8, front. et fig., demi-rel. dos et coins de mar. citron, dos orné en mosaïque, tête dor., *non rogné,* couv. (*Champs.*)

Un des 100 exemplaires numérotés imprimés sur PAPIER DU JAPON grand format, avec les illustrations en trois états.

541. VACQUERIE (Auguste). Tragaldabas. Édition illustrée de 54 compositions de Édouard Zier gravées par F. Méaulle. *Paris, G. Chamerot,* 1886, in-4, portr., front. et fig., demi-rel. dos et coins de mar. rouge, *non rogné,* couv. (*Champs.*)

PREMIÈRE ÉDITION ILLUSTRÉE.

Un des 25 exemplaires numérotés imprimés sur PAPIER DE CHINE, avec la suite hors texte des fumés sur PAPIER PELURE DU JAPON (tirage à 2 exemplaires).

542. VERNE (Jules). Vingt mille lieues sous les mers. Illustré de 111 dessins par de Neuville et Riou gravés par Hildibrand. *Paris, Hetzel et Cie, s. d.* (1871), gr. in-8, front. et fig., cart., *non rogné,* couv.

PREMIER TIRAGE.

543. VILLIERS DE L'ISLE-ADAM (Comte de). Akëdysséril. *Paris, M. de Brunhoff,* 1886, in-8, portr. et fig., demi-rel. dos et coins de mar. citron, *non rogné,* couv. (*Carayon.*)

PREMIÈRE ÉDITION tirée à 250 exemplaires numérotés sur PAPIER DU JAPON. Frontispice de *F. Rops* en trois états.

544. VITTA (Emile). A Travers un Vitrail. Poésies d'Émile Witta. Dessins de Willette et de Boutet de Monvel. *Paris, L. Vanier,* 1892, in-4, fig., cart., *non rogné,* couv. (*Carayon.*)

Exemplaire imprimé sur PAPIER DU JAPON, avec les tirages à part en sanguine des illustrations, sur PAPIER DE CHINE.

545. VITTA (E.). Farandole de Pierrots. Poésies d'Émile Vitta. Illustrations de Willette. *Paris, L. Vanier,* 1890, in-8, fig., demi-rel. dos et coins de mar. bleu, *non rogné,* couv.

Exemplaire imprimé sur PAPIER DU JAPON, avec les TIRAGES A PART en sanguine, sur PAPIER DE CHINE.

546. VOGUÉ (Vicomte E. Melchior de). Le Manteau de Joseph Olénine par le Vicomte E. M. de Vogué de l'Académie française. Portrait gravé par A. Lamotte. *Paris, L. Conquet,* 1889, in-12 carré, portr., mar. vert, dos et plats ornés de fil., tr. dor., couv. (*Chambolle-Duru.*)

Un des 8 exemplaires imprimés sur PAPIER VÉLIN BLANC, avec le portrait en 3 états dont l'EAU-FORTE PURE.

547. VOGUÉ (E. Melchior de). Le Portrait du Louvre. *Paris, libr. artistique H. Launette et Cie,* 1889, in-4, demi-rel. dos et coins mar. brun, dos orné, tête dor., *non rogné,* couv. sur satin. (*David.*)

Exemplaire sur PAPIER DU JAPON.

548. VOLTAIRE. Les Vous et les Tu, épître de Voltaire, ornée de lithographies à la plume, par Fraipont. *Paris, imprimé pour les Amis des Livres,* 1883, in-8, fig., demi-rel. dos et coins de mar. rouge, tête dor., *non rogné,* couv. (*Champs.*)

Avec les TIRAGES A PART sur JAPON.

549. WEY (Francis). Rome. Description et Souvenirs par Francis Wey. Ouvrage contenant 346 gravures sur bois dessinées par nos plus célèbres artistes (E. Bayard, Français, J. Lefèvre, C. Nanteuil, A. de Neuville,

H. Regnault, etc.) et un plan de Rome. *Paris, Hachette et Cie*, 1872, in-4, fig., cart., *non rogné.*

Exemplaire imprimé sur PAPIER DE CHINE.

550. WILLETTE (Adolphe). Pauvre Pierrot. (*Paris, Magnier et Cie*, 1884), in-4, fig., demi-rel. dos et coins de mar. vert, dos orné, tête dor., *non rogné*, couv. (*Bretault.*)

551. WOLFF (Albert). Cent Chefs-d'Œuvre des Collections parisiennes. *Paris, G. Petit et Lud. Baschet, s. d.* (1884), in-fol., pl. et fig., demi-rel. dos et coins de mar. vert, *non rogné*, couv. (*Champs.*)

Un des 100 exemplaires numérotés imprimés sur PAPIER DU JAPON, avec les eaux-fortes hors texte, d'après *Corot, Delacroix, Meissonier, Millet*, etc. AVANT LA LETTRE.

552. XANROF (L.). Paris qui s'amuse. Illustrations de Lourdey. *Paris, E. Flammarion, s. d.* (1893), in-18, fig., demi-rel. dos et coins de mar. rouge, *non rogné*, couv. (*Champs.*)

ÉDITION ORIGINALE.
Un des 10 exemplaires numérotés imprimés sur PAPIER DU JAPON.

553. ZOLA (Émile). L'Assommoir par Émile Zola. *Paris, Marpon et Flammarion, s. d.* (1878), gr. in-8, fig., demi-rel. dos et coins de mar. rouge, dos orné, tête dor., *non rogné*, couv. (*Champs.*)

PREMIÈRE ÉDITION ILLUSTRÉE.
Un des 130 exemplaires imprimés sur PAPIER DE HOLLANDE avec une double suite des gravures sur PAPIER DE CHINE.

554. ZOLA (E.). Une Page d'Amour précédée d'une lettre-préface avec dessins d'Édouard Dantan gravés à l'eau-forte par A. Duvivier. *Paris, Librairie des Bibliophiles (Jouaust)*, 1884, 2 vol. in-8, portr. et fig., demi-rel. dos et coins de mar. bleu, dos orné en mosaïque, tête dor., *non rognés*, couv. (*Champs.*)

Un des 20 exemplaires numérotés, imprimés sur PAPIER WHATMAN, dans lequel on a remplacé les figures tirées sur PAPIER WHATMAN par les eaux-fortes en trois états : avec la lettre sur PAPIER DE HOLLANDE, ÉPREUVES D'ARTISTE avec marque et EAUX-FORTES PURES sur PAPIER DU JAPON. Ce dernier état n'a été tiré qu'à 10 exemplaires.

555. ZOLA (E.). Illustrations de Rudaux pour les Nouveaux Contes à Ninon de Émile Zola. *Paris, L. Conquet,* 1886, in-4, cart. dos et coins de toile rouge, *non rogné.* (*Champs.*)

Un frontispice et 30 vignettes dessinées et gravées par *Rudaux.*

Épreuves de graveur en divers états tirées sur PAPIER DE HOLLANDE. Ensemble 77 pièces, y compris 2 épreuves d'une pièce refusée.

OUVRAGES RELATIFS AUX BEAUX-ARTS, A LA BIBLIOGRAPHIE ET A LA RELIURE

556. ANNALES administratives et littéraires des Bibliophiles Contemporains. Académie des Beaux Livres. *Paris*, 1891-1894, 6 vol. in-8, portr. et fig., cart., *non rognés*, couv. (*Carayon.*)

557. ASSELINEAU (Charles). Bibliographie romantique. Catalogue anecdotique et pittoresque des éditions originales des œuvres de Victor Hugo, Alfred de Vigny, Prosper Mérimée, Alexandre Dumas, Jules Janin, Théophile Gautier, Petrus Borel, etc. Seconde édition, revue et très augmentée, avec une eau-forte de Bracquemond. *Paris, P. Rouquette*, 1872, gr. in-8, front. et fig., demi-rel. dos et coins de mar. rouge, dos orné, *non rogné*, couv. (*Carayon.*)

Exemplaire imprimé sur GRAND PAPIER VERGÉ. Avec l'*Appendice*.

558. BERALDI (Henri). Bibliothèque d'un Bibliophile (M. Eug. Paillet). 1865-1885. *Lille, impr. L. Danel*, 1885, pet. in-8, portr., demi-rel. dos et coins de chagrin grenat, *non rogné*, couv. (*Champs.*)

Édition tirée à 200 exemplaires numérotés (n° 1).
On a ajouté le portrait de M. Eug. Paillet par *E. Abot* en trois états dont l'EAU-FORTE PURE.

559. BERALDI (H.). Mes Estampes. 1872-1884. *Lille, impr. L. Danel*, 1884, pet. in-8, portr., demi-rel. dos et coins de chagrin grenat, *non rogné*, couv. (*Champs.*)

PREMIÈRE ÉDITION tirée à 50 exemplaires numérotés.
Portrait de l'auteur par *Burney* ajouté.

560. BERALDI (H.). Estampes et Livres. 1872-1892. *Paris, L. Conquet*, 1892, in-8, fig. et pl., demi-rel. dos et coins de mar. rouge, *non rogné*, couv. (*Carayon.*)

Orné de reproductions de reliures anciennes et modernes par la chromotypographie et par l'héliogravure.

561. BERALDI (H.). La Reliure du XIXe siècle. *Paris, L. Conquet,* 1895-1897, 4 vol. gr. in-8, pl. et fac-similés, demi-rel. dos et coins de mar. rouge, tête dor., *non rognés,* couv. (*Champs.*)

Édition tirée à 295 exemplaires numérotés sur Papier vélin du Marais. Epuisé.

562. BLANC (Ch.). L'Œuvre de Rembrandt décrit et commenté par M. Charles Blanc. Catalogue raisonné de toutes les estampes du maître et de ses peintures, orné de bois gravés, de quarante eaux-fortes de Flameng, et de trente-cinq héliogravures d'Amand Durand. *Paris, A. Lévy,* 1873, 2 vol. gr. in-4, fig., demi-rel. dos et coins de mar. brun, dos orné, tête dor., *non rognés,* couv. (*Champs.*)

563. BOUCHOT (Henri). Les Livres à Vignettes du XVe au XVIIIe siècle. L'Histoire et l'Art dans le Livre. Idée d'une collection documentaire. Moyens d'y parvenir. — Les Livres à Vignettes du XIXe siècle. Du Classique et du Romantique. Le Livre à Vignettes sous Louis-Philippe, sous le Second Empire et de 1870 à 1880. *Paris, Ed. Rouveyre,* 1891, 2 part. en un vol. in-12, vign., demi-rel. dos et coins de mar. rouge, *non rogné,* couv.

Exemplaires numérotés imprimés sur Papier de Chine.

564. BRIVOIS (Jules). Bibliographie des Ouvrages illustrés du XIXe siècle, principalement des livres à gravures sur bois. *Paris, P. Rouquette,* 1883, in-8, demi-rel. dos et coins de chagrin grenat, tête dor., *non rogné.* (*Champs.*)

Papier vergé.

565. BRIVOIS (J.). Essai de Bibliographie des Œuvres de M. Alphonse Daudet avec fragments inédits. *Paris, L. Conquet,* 1895, pet. in-8, demi-rel. dos et coins de mar. vert, *non rogné,* couv. (*Carayon.*)

Un des 10 exemplaires numérotés imprimés sur Papier du Japon.

566. BRUNET (J. Ch.). Manuel du libraire et de l'amateur de livres, contenant : 1° un nouveau dictionnaire bibliographique... 2° une table en forme de catalogue raisonné. Par Jacques-Charles Brunet. Cinquième édition entièrement refondue et augmentée d'un tiers par l'auteur. *Paris, Firmin-Didot*, 1860-1865, 6 vol. gr. in-8. — Supplément contenant 1° un complément du dictionnaire bibliographique de M. J.-Ch. Brunet, etc. ; 2° la table raisonnée des articles décrits au présent supplément par MM. P. Deschamps et G. Brunet. *Paris, Didot*, 1878-1880, 2 vol. gr. in-8. — Dictionnaire de géographie ancienne et moderne à l'usage du libraire et de l'amateur de livres, par un bibliophile (P. Deschamps). *Paris, Didot*, 1870. Ens. 9 vol. gr. in-8, fig., demi-rel. dos et coins de mar. La Vallière, dos orné, tête dor., *non rognés*. (*Capé*.)

567. BRUNET (J.-Ch.). Recherches bibliographiques et critiques sur les Editions Originales des cinq livres du roman satirique de Rabelais et sur les différences de texte qui se font remarquer particulièrement dans le premier livre du Pantagruel et dans le Gargantua. On y a joint une revue critique des éditions collectives du même roman, et de plus, le texte original des Grandes et Inestimables Croniques de Gargantua, par Jacq. Ch. Brunet. *Paris, Potier* (*impr. de Crapelet*), 1852, in-8, mar. bleu, dos orné, dent., tr. dor. (*Trautz-Bauzonnet*.)

Un des 6 exemplaires numerotés imprimés sur Papier de Hollande, avec envoi autographe du libraire L. Potier.

568. CATALOGUE complet d'Eaux-Fortes originales et inédites composées et gravées par les Artistes eux-mêmes avec dix planches types divers par A. Appian, Félix Buhot, A. Maso Gilli, Norbert Gœneutte, M. Lalanne, Jules Lefebvre, R. de Los Rios, A. P. Martial, Th. Ribot, J. Veyrassat. *Paris, Vve A. Cadart*, 1878, in-8, fig., demi-rel. dos et coins de mar. bleu, *non rogné*, couv.

Exemplaire imprimé sur Papier de Chine.

569. CATALOGUE des Aquarelles et Dessins originaux de Julien Le Blant pour les Cahiers du Capitaine Coignet. La Vente aux enchères publiques aura lieu Hôtel Drouot le lundi 23 Mars 1896. *Paris*, 1896, gr. in-8, fig., cart., *non rogné*, couv. (*Carayon.*)

Un des 110 exemplaires numérotés sur PAPIER DU JAPON, avec deux états des illustrations.

570. CATALOGUE de beaux Livres rares et précieux, anciens et modernes, ayant appartenu à M. E. Daguin. *Paris*, *A. Durel*, 1904, gr. in-8, portr., pl. de reliures et fac-similés, demi-rel. dos et coins de chagrin rouge, tête dor., *non rogné.*

Avec la table des prix d'adjudication.

571. CATALOGUE d'un choix de Livres rares et précieux, manuscrits et imprimés, composant le cabinet de feu M. le Marquis de Ganay. *Paris*, *Ch. Porquet*, 1881, pet. in-8, demi-rel. chagrin rouge, tête dor., *non rogné.*

PAPIER DE HOLLANDE. Avec les prix d'adjudication de la vente qui eut lieu en Mai 1881.

On y joint : Catalogue d'une petite collection de Livres rares manuscrits et imprimés. *Paris, impr. D. Jouaust,* 1877, in-12, demi-rel. chagrin orange, tête dor., *non rogné*. Premier catalogue de la bibliothèque du marquis de Ganay.

572. CATALOGUE des Livres rares et précieux, manuscrits et imprimés, composant la bibliothèque de feu M. le baron S. de La Roche Lacarelle. *Paris*, *Ch. Porquet*, 1888, gr. in-8, portr. et fig., mar. rouge jans., tr. dor., couv. (*A. Cuzin.*)

Exemplaire imprimé sur GRAND PAPIER de Hollande, avec les planches de reliures en noir et en couleur et les fac-similés. Portrait en double état, AVANT LA LETTRE et EAU-FORTE.

Table alphabétique et liste des prix.

573. CATALOGUE des Livres rares et précieux, manuscrits et imprimés, composant la bibliothèque de feu M. le comte de Lignerolles. *Paris*, *Ch. Porquet*, 1894, 3 part. en un

vol. gr. in-8, demi-rel. chagrin rouge, tête dor., *non rogné.*

Avec la table générale et la liste des prix d'adjudication.

On y joint l'*Album* des planches, reproductions de miniatures, reliures, texte et figures, avec 1 portr. et 167 planches, relié en demi-chagrin rouge.

574. CATALOGUES des Bibliothèques de M. Eugène Paillet. *Paris, D. Morgand et Ed. Rahir*, 1887-1902, 3 vol. in-8, pl. de reliures et fac-similés, demi-rel. et *brochés.*

Papier de Hollande.

Catalogue de la première collection vendue à l'amiable, et catalogue de la deuxième collection vendue aux enchères publiques.

On y joint : Cabinet d'un curieux. Description de quelques livres rares (par le baron L. Double). *Paris,* 1892, in-8, pl. de reliures et fac-similés, demi-rel. chagrin rouge, tête dor., *non rogné,* couv.

575. CATALOGUE de la Bibliothèque de feu M. le baron Jérôme Pichon, Président honoraire de la Société des Bibliophiles françois. Première partie. Livres rares et précieux, manuscrits et imprimés. *Paris, H. Leclerc et P. Cornuau*, 1897, gr. in-8, portr., pl. de reliures et fac-similés, demi-rel. chagrin rouge, tête dor., *non rogné.*

Prix manuscrits.

On y joint : Catalogue des Livres rares et précieux, manuscrits et imprimés, de la bibliothèque de M. le Baron J. P. (J. Pichon). *Paris, L. Potier,* 1869, in-8, demi-rel. chagrin rouge, tête dor., *non rogné.* Prix manuscrits.

576. CATALOGUE des Livres rares et précieux, manuscrits et imprimés, faisant partie de la librairie L. Potier. *Paris, L. Potier et Ad. Labitte*, 1870, in-8, demi-rel. dos et coins de mar. rouge, tête dor., *non rogné.* (*David.*)

Papier de Hollande. Avec la liste des prix d'adjudication.

On y joint : Catalogue des Livres rares et précieux composant la bibliothèque de M. le comte Octave de Behague. *Paris, Ch. Porquet,* 1880, in-8, demi-rel. dos et coins de chagrin rouge, tête dor., *non rogné.* (*Masson-Debonnelle.*) Prix manuscrits.

577. CATALOGUE des Livres rares et précieux composant le cabinet de feu M. le baron de Ruble, membre de l'Institut. *Paris, Em. Paul et fils et Guillemin*, 1899,

gr. in-8, pl. de reliures et fac-similés, demi-rel. chagrin rouge, tête dor., *non rogné*, couv. (*Champs.*)

Papier de Hollande.

578. CATALOGUE des Livres manuscrits et imprimés, des Dessins et des Estampes du cabinet de feu M. Guyot de Villeneuve, Président de la Société des Bibliophiles François. *Paris, Ed. Rahir et Cie*, 1900, in-8, portr. et pl. de reliures, demi-rel. dos et coins de chagrin rouge, tête dor., *non rogné*, couv. (*Champs.*)

Exemplaire imprimé sur Papier de Hollande. Prix manuscrits.

579. CATALOGUES de ventes de bibliothèques diverses. *Paris*, 1853-1898, 6 vol. in-8 et in-12, demi-rel. veau et chagrin.

Catalogue R. S. Turner, 1878. Prix manuscrits. — Catalogue du comte de Mosbourg, 1893. Papier de Hollande, prix manuscrits. — Catalogue du comte de S*** (Sauvage), 1898. Prix manuscrits, etc.

580. CATALOGUES de ventes de bibliothèques diverses. *Paris*, 1861-1868, 3 vol. in-8, demi-rel.

Catalogue A. Cigongne, 1861. — Catalogue du Prince S. Radziwll, 1865. Prix manuscrits. — Catalogue J. Ch. Brunet, 1868. Prix manuscrits.

581. CATALOGUES de ventes de bibliothèques diverses. *Paris*, 1886-1902, 6 vol. in-8 et gr. in-8, demi-rel., cart. et *brochés*.

Catalogue J. Noilly, 1886. Prix manuscrits. — Catalogue Ch. Bouret, 1893. Prix manuscrits. — Catalogue Ph. Olombel, 1894. Prix manuscrits. — Catalogue A. Giraudeau, 1898. Papier de Hollande. — Catalogue L. Conquet, 1898. Liste des prix d'adjudication. — Catalogue de la collection du Vte de La Croix-Laval, 1902. Prix manuscrits et album des reliures reproduites.

582. CHAMPFLEURY (J. Fleury dit). Histoire de la Caricature Antique (— de la Caricature au Moyen-Age, — de la Caricature sous la Réforme et la Ligue, Louis XIII à Louis XVI, — de la Caricature sous la République, l'Empire et la Restauration, — de la Caricature moderne).

Paris, E. Dentu, s. d. (1867-1880), 5 vol. in-18, fig. en noir et en couleur, demi-rel. dos et coins de mar. rouge, dos orné, tête dor., *non rogné,* couv. (*Champs.*)

Exemplaires imprimés sur Papier de Hollande, sauf le volume de la Caricature moderne qui est sur Papier teinté.

583. CHINTREUIL. La Vie et l'Œuvre de Chintreuil par A. de La Fizelière, Champfleury, F. Henriet. Quarante eaux-fortes par Martial, Ad. Lalauze, etc. *Paris, Cadart,* 1874, pet. in-fol., fig., demi-rel. dos et coins de mar. rouge, *non rogné,* couv. (*Carayon.*)

Un des 60 exemplaires numérotés, avant la lettre, imprimés sur Papier de Chine.

584. CLAUDIN (A.). Histoire de l'Imprimerie en France au XVe et au XVIe siècle. *Paris, Imprimerie nationale,* 1900-1901, 2 vol. in-fol., pl. et fac-similés en noir et en couleurs, demi-rel. dos et coins de mar. rouge, dos orné, tête dor., *non rognés.* (*Champs.*)

Ces deux volumes sont consacrés à l'histoire de l'imprimerie à Paris.

585. COHEN (Henry). Guide de l'Amateur de Livres à Gravures du XVIIIe siècle. Cinquième édition revue, corrigée et considérablement augmentée par le Baron Roger Portalis. *Paris, P. Rouquette,* 1886, in-8, demi-rel. dos et coins de mar. vert, *non rogné,* couv. (*Champs.*)

Papier de Hollande.

586. DELATRE (Aug.). Eau-forte, Pointe sèche et Vernis mou par Auguste Delatre. Préface de Castagnary, lettre de Félicien Rops. Gravures inédites par F. Rops, H. Somm, A. Point et Delatre. *Paris, Lanier et Vallet,* 1887, pet. in-4, fig., demi-rel. dos et coins de mar. bleu, tête dor., *non rogné,* couv. (*Wynants.*)

Les 6 planches sont en deux états dont un sur Papier du Japon. Portrait de A. Delâtre ajouté.

587. DUCHATEL (E.). Traité de Lithographie artistique, illustré par MM. Buhot, Bertrand, Dillon, Fantin-Latour,

Lunois, etc. *Paris, chez l'Auteur, s. d.* (1893), in-4, 25 pl., cart., *non rogné,* couv. (*Carayon.*)

588. DUPLESSIS (G.). Histoire de la Gravure en Italie, en Espagne, en Allemagne, dans les Pays-Bas, en Angleterre et en France, suivie d'indications pour former une collection d'estampes, contenant 73 reproductions de gravures anciennes. *Paris, Hachette et Cie,* 1880, in-4, fig., demi-rel. dos et coins de mar. rouge, dos orné en mosaïque, tête dor., *non rogné,* couv. (*Champs.*)

Un des 10 exemplaires numérotés imprimés sur Papier du Japon.

589. GIACOMELLI (H.). Raffet. Son Œuvre lithographique et ses eaux-fortes suivi de la bibliographie complète des ouvrages illustrés de vignettes d'après ses dessins. Orné d'eaux-fortes inédites par Raffet et de son portrait par M. J. Bracquemond. *Paris, Gazette des Beaux-Arts,* 1862, in-8, portr. et fig., demi-rel. dos et coins de mar. bleu, tête dor., *non rogné,* couv. (*Bretault.*)

Papier vélin. Envoi autographe de l'auteur.
Aquarelle originale de *H. Giacomelli* sur le faux-titre, avec envoi.

590. GONCOURT (E. et J. de). L'Art du dix-huitième siècle par Edmond et Jules de Goncourt. *Paris, E. Dentu,* 1875 (1859-1875), 12 part. en un vol. in-4, fig., demi-rel. dos et coins de mar. bleu, dos orné, tête dor., *non rogné.*

Première édition tirée à 200 exemplaires, ornée d'eaux-fortes par *E.* et *J. de Goncourt.*

591. GRAND-CARTERET (J.). Les Mœurs et la Caricature en France. 8 planches en couleur, 36 planches hors texte, 500 illustrations dans le texte. *Paris, Librairie illustrée, s. d.* (1888), gr. in-8, fig. en noir et en couleur, cart., *non rogné,* couv. (*Champs.*)

Un des 40 exemplaires numérotés imprimés sur Papier de Chine, avec deux états des planches en couleur et des planches hors texte.

592. GRUEL (Léon). Manuel historique et bibliographique de l'Amateur de Reliures par Léon Gruel, relieur. *Paris,*

Gruel et Engelmann, 1887, in-4, pl., cart. en cuir japonais, *non rogné,* couv.

Un des 50 exemplaires numérotés sur Papier du Japon.

593. GUIGARD (Joannis). Nouvel Armorial du Bibliophile, guide de l'Amateur des Livres armoriés. *Paris, Em. Rondeau,* 1890, 2 vol. in-8, fig., demi-rel. dos et coins de mar. rouge, tête dor., *non rognés,* couv. (*Rousselle.*)

594. GUILMARD (D.). Les Maîtres Ornemanistes, dessinateurs, peintres, architectes, sculpteurs et graveurs. Ecoles Française, — Italienne, — Allemande, et des Pays-Bas (Flamande et Hollandaise). Publication enrichie de 180 planches tirées à part et de nombreuses gravures dans le texte, et précédée d'une introduction par M. le Baron Davillier. *Paris, E. Plon et Cie*, 1880 (-1881), 2 vol. gr. in-8 dont un de pl., demi-rel. chagrin rouge, tête dor., *non rognés,* couv. (*Champs-Stroobants.*)

595. HARRISSE (Henry). Le Président De Thou et ses descendants, leur célèbre bibliothèque, leurs armoiries et les traductions françaises de J. A. Thuani historiarum sui temporis, d'après des documents nouveaux. *Paris, H. Leclerc,* 1905, in-8, portr. et fac-similé, demi-rel. chagrin rouge, tête dor., *non rogné,* couv. (*Champs-Stroobants.*)

596. JACQUEMART (Jules). Histoire de la Bibliophilie. Reliures. Recherches sur les Bibliothèques des plus célèbres amateurs. Armorial des Bibliophiles. Publiée par MM. Techener père et fils, et accompagnée de planches gravées à l'eau-forte par M. Jules Jacquemart. *Paris, Techener* (1861-1864), in-fol., pl., demi-rel. mar. rouge, tête dor., *non rogné.* (*Pagnant.*)

50 planches gravées à l'eau-forte par *J. Jacquemart* donnant la reproduction de 105 armoiries et reliures des XVIe, XVIIe et XVIIIe siècles.

597. JULLIEN (Adolphe). Le Romantisme et l'éditeur Renduel. Souvenirs et documents sur les écrivains de

l'école romantique avec lettres inédites adressées par eux à Renduel. Ouvrage orné de cinquante illustrations, portraits, vignettes, caricatures, autographes, etc. *Paris, Eug. Fasquelle,* 1897, in-18, fig., demi-rel. dos et coins de mar. rouge, dos orné, tête dor., *non rogné,* couv. (*Champs.*)

Un des 30 exemplaires numérotés imprimés sur Papier de Chine.

598. LECLANCHÉ (L.). La Vie de Benvenuto Cellini écrite par lui-même. Traduction Léopold Leclanché. Notes et index de M. Franco. Illustrée de neuf eaux-fortes par F. Laguillermie et de reproductions des œuvres du maître. *Paris, A. Quantin,* 1881, in-8, fig., demi-rel. dos et coins de mar. brun, *non rogné,* couv. (*Carayon.*)

On a ajouté la suite des eaux-fortes en tirage avant toute lettre et les tirages à part des en-têtes et des culs-de-lampe, sur Papier du Japon.

599. LE PETIT (Jules). L'Art d'aimer les Livres et de les connaître. Lettre à un jeune bibliophile. *Paris, chez l'Auteur,* 1884, pet. in-8, fig., demi-rel. dos et coins de mar. bleu, dos orné, tête dor., *non rogné,* couv. (*Champs.*)

Un des 40 exemplaires numérotés imprimés sur Papier du Japon, avec les vignettes en deux états.

600. MAILLARD (Léon). Henri Boutet Graveur et Pastelliste. *Paris, Succursale de la maison Dentu,* 1894-1895, 2 vol. pet. in-4, fig., demi-rel. dos et coins de mar. La Vallière, *non rognés,* couv. (*Carayon.*)

Un des 35 exemplaires numérotés sur Papier du Japon, avec deux états des planches.

601. MICHEL (Marius). La Reliure Française depuis l'invention de l'Imprimerie jusqu'à la fin du XVIIIe siècle. — La Reliure Française commerciale et industrielle depuis l'invention de l'Imprimerie jusqu'à nos jours, par MM. Marius Michel relieurs-doreurs. *Paris, D. Morgand et Ch. Fatout,* 1880-1881, 2 vol. in-4, front., pl. et vign.,

demi-rel. dos et coins de mar. rouge, dos orné, tête dor., *non rognés*, couv. (*Champs.*)

Exemplaires imprimés sur PAPIER DU JAPON.
Portrait de Trautz relieur, et 20 planches de reliures en noir et en couleur ajoutés.

602. MONTROSIER (Eugène). Les Artistes Modernes. Les Peintres de genre, (— Les Peintres Militaires et les Peintres de Nu, — Les Peintres d'Histoire, Paysagistes, Portraitistes et Sculpteurs, — Peintres divers). *Paris, H. Launette*, 1881-1884, 4 vol. gr. in-8, fig., demi-rel. dos et coins de mar. grenat, dos orné, tête dor., *non rognés*, couv. (*Bretault.*)

Un des 10 exemplaires numérotés imprimés sur PAPIER DU JAPON.
160 biographies avec dessins et croquis, lettres ornées, en-têtes par *G. Fraipont* et 160 planches en photogravure Goupil.

603. MÜNTZ (Eugène). Histoire de l'Art pendant la Renaissance. Italie, les Primitifs, (— l'Age d'Or, — la Fin de la Renaissance. Michel Ange, Le Corrège, les Vénitiens). *Paris, Hachette et Cie*, 1889-1895, 3 vol. gr. in-8, fig., demi-rel. dos et coins de mar. grenat, dos orné, tête dor., *non rognés*. (*Canape.*)

Exemplaire imprimé sur PAPIER DE CHINE.

604. PORTALIS (baron Roger). Les Dessinateurs d'Illustrations au dix-huitième siècle. *Paris, D. Morgand et Ch. Fatout*, 1877, in-8, front., demi-rel. dos et coins de mar. rouge, tête dor., *non rogné*, couv. (*Rousselle.*)

Exemplaire imprimé sur PAPIER DE CHINE. Frontispice de *Jacquemart* d'après *Meissonier*, en double état.

605. PORTALIS (Baron Roger). Claude Hoin (1750-1817). Gouaches, Pastels, Miniatures. *Paris, Gazette des Beaux-Arts*. 1900, in-8, fig. et portr., demi-rel. chagrin rouge, tête dor., *non rogné*, couv. (*Champs.*)

Un des 50 exemplaires numérotés imprimés sur PAPIER DU JAPON, avec deux états des planches hors texte, avec et AVANT LA LETTRE.

606. PORTALIS (baron Roger) et Henri BERALDI. Les Graveurs du dix-huitième siècle. *Paris, D. Morgand et Ch. Fatout,* 1880-1882, 3 vol. in-8, demi-rel. dos et coins de mar. rouge, tête dor., *non rognés,* couv. (*Rousselle.*)

Un des 20 exemplaires numérotés imprimés sur PAPIER DE CHINE.

607. QUENTIN-BAUCHART (Ernest). Les Femmes Bibliophiles de France. (XVIe, XVIIe et XVIIIe siècles). *Paris, D. Morgand,* 1886, 2 vol. gr. in-8, fig. d'armoiries et pl. de reliures, mar. bleu jans., tr. dor., couv. (*Cuzin.*)

Un des 50 exemplaires numérotés (n° 1), imprimés sur PAPIER DE CHINE.

608. QUENTIN-BAUCHART (E.). Mélanges bibliographiques (1895-1903). *Paris, H. Leclerc,* 1904, in-8 carré, demi-rel. chagrin rouge, tête dor., *non rogné,* couv. (*Champs-Stroobants.*)

On y joint : Mes Livres, 1864-1881. *Paris, A. Labitte,* 1881, in-12, cart., *non rogné,* couv.
Catalogue de la bibliothèque E. Quentin-Bauchart, avec la liste des prix obtenus à la vente.

609. RENOUVIER (Jules). Histoire de l'Origine et des Progrès de la Gravure dans les Pays-Bas et en Allemagne, jusqu'à la fin du quinzième siècle. *Bruxelles, Hayez,* 1860, in-8, pl. de monogrammes, demi-rel. dos et coins de chagrin rouge, tête dor., *non rogné.* (*Champs.*)

610. RODRIGUES (Eugène). Catalogue descriptif et analytique de l'Œuvre gravé de Félicien Rops précédé d'une notice biographique et critique par Erastène Ramiro (Eug. Rodrigues). Orné d'un frontispice et de gravures d'après des compositions inédites de Félicien Rops et de fleurons et culs-de-lampe d'après F. Rops, Jean La Palette et Louis Legrand. *Paris, L. Conquet,* 1887, gr. in-8, fig., cart., *non rogné,* couv.

Un des 40 exemplaires numérotés imprimés sur PAPIER DE HOLLANDE, avec le frontispice en deux états sur HOLLANDE, la photogravure en deux états, noir et couleur sur JAPON, les tirages hors texte sur JAPON et les eaux-fortes en trois états, sur HOLLANDE.

Avec la planche prime : *La Dame au cochon,* gravée par *Gaujean,* en deux états sur JAPON en bistre et en couleur.

On y joint : Supplément de l'Œuvre gravé de Félicien Rops par Erastène Ramiro. Illustrations de Félicien Rops. Fleurons et culs-de-lampe par Armand Rassenfosse. *Paris, Floury,* 1895, gr. in-8, fig., cart., *non rogné,* couv.

Un des 50 exemplaires numérotés sur PAPIER DE HOLLANDE. Planches hors texte en 3 états. Tirages à part hors texte à la fin du volume.

611. RODRIGUES (E.). L'Œuvre lithographié de Félicien Rops par Erasténe Ramiro (Eug. Rodrigues). Orné de sept reproductions de lithographies en taille-douce. *Paris, L. Conquet,* 1891, gr. in-8, fig., demi-rel. dos et coins de mar. La Vallière, *non rogné,* couv. (*Champs.*)

Un des 50 exemplaires numérotés sur PAPIER DU JAPON. Illustrations hors texte en deux états, dont un avec remarques, et tirages à part hors texte.

Beau DESSIN A LA PLUME avec texte autographe, par *F. Rops,* sur un feuillet de garde.

612. THOINAN (Ernest). Les Relieurs Français (1500-1800). Biographie critique et anecdotique précédée de l'Histoire de la Communauté des Relieurs et Doreurs de livres de la Ville de Paris et d'une Étude sur les Styles de la Reliure. *Paris, Em. Paul, L. Huard et Guillemin,* 1893, in-8, fig. et fac-similés, demi-rel. dos et coins de mar. rouge, tête dor., *non rogné,* couv. (*Rousselle.*)

LILLE, IMPRIMERIE L. DANEL.

ORDRE DES VACATIONS

PREMIÈRE VACATION

Vendredi 17 mars 1911

Numéros 236 à 426

DEUXIÈME VACATION

Samedi 18 mars 1911

Numéros 427 à 612

www.ingramcontent.com/pod-product-compliance
Ingram Content Group UK Ltd.
Pitfield, Milton Keynes, MK11 3LW, UK
UKHW020343180726
13839UKWH00002B/893